小野寺史宜

# タクジョ!

実業之日本社

実業之日本社文庫

# 目次

# 十月の羽田

わたしは隔日の女。

その言葉はどこかミステリアスで気に入ってる。恥ずかしいから誰にも言ったことはないが、一人のときに口にしてみることはある。ムフフ、とちょっと笑ってしまう。おぉ、ミステリアス、と思って。

隔日の女。二日に一度しか現れない、謎の女。

現れないときは何をしてるかと言うと、休んでる。出かけたり歩いたりしてる。

現れたときは何をしてるかと言うと、こんなふうに車を運転してる。お客さんを乗せて都内のあちこちを走りまわってる。

そう。わたしはタクシードライバーなのだ。

女性タクシードライバー。

今ふうに言えば。

タクジョ。

手を挙げてくれたお客さんのもとへ車を寄せて停める。後部左のドアを自動で開ける。乗りこんだお客さんは、わたしの顔を見るとたいてい、おっという顔をする。なかには実際に、おっと声を出す人もいる。おじさん世代の男性に多い。

今乗せてるのは、スーツを着た二十代後半ぐらいの男性。声は出さなかったが、おっという顔はした。

五分ほど走り、車内の空気が落ちついたところで言ってくる。

「運転手さん、若いね」

わたしは遠慮がちにこう返す。

「そう、ですね」

「ここまで若い女性もいるんだね」

「多いとは言えませんけど、増えたと思います」

増えた。それはまちがいない。各社、新卒の採用や女性の採用には力を入れてるから。特にウチみたいな大手はそう。となれば、当然、わたしみたいな新卒女性ドライバーも増える。

「女性がいるのは知ってたけど、自分より歳下っぽい人は初めてだよ。訊いてもいい？いくつ？」

「二十三です」

今月の頭にそうなった。頭も頭。わたしは十月一日生まれだ。二十三。歳をとった感じがする。二十歳（はたち）や二十一のときは若いと思ってられた。二十二でも、どうにか思えた。が、二十三はちょっとあせる。二十歳すぎや二十歳そこそこと言えなくなる。二十五の影が見えてしまう。

こないだそんなようなことを社食で会ったドライバー仲間の飯尾頼昌（いいおよりまさ）さんに言ったら、いやいや、どうちがうのよ、と言われた。おれから見たら二十三も二十五も同じだよ。三十代だって若い。四十歳だって若いよ。

飯尾さん自身は四十九歳だ。わたしの倍以上。母と同じ。

その歳のときに自分がどうなってるか、想像もつかない。母同様、わたしも母親になってるのか。今のわたしぐらいの歳の子がいたりするのか。

「この仕事は、いつからやってるの？」

「今年からですよ。新卒です」

「あぁ。それで二十三」

「はい」

お客さんに自分のことは明かさない。お客さんのことも尋ねない。まず、ドライバーとして必要なこと以外、自分からは話さない。ただ、話しかけられれば応じる。

新人であることは正直に言う。言ったら不安がられないかな、といつも思う。ドライバーとしての力量を疑われるのはしかたないが、お金を払ってくれるお客さんを不安にさせたくない。

「そもそも、女性ドライバーさんてどのぐらいいるの？」

「三パーセントいないぐらい、らしいです」

「そんなもんか。実際、いるイメージはあるけど、じゃあ、女性ドライバーさんの車に乗ったことがあるかと考えたら、ないもんな」

このお客さんは、飯田橋で乗せた。九段下へ向かう目白通りでだ。

大きめのキャリーケースを引いてたので、ちょっと期待した。結果は期待以上。行先は羽田(はねだ)空港だった。事前予約ではないので、千代田区からの定額運賃でもない。

こんな人が、街にはわんさかいる。タクシードライバーになってみて思った。やっぱり東京はすごい。大きな通りを流してれば、手は挙がるのだ。特に千代田区と中央区と港区は強い。いつもどこかで誰かがタクシーを探してる。

ただし、ワンメーターのお客さんも多い。初めは不思議だった。地下鉄も都営バスもあるのに何故(なぜ)割高なタクシーなのか。すぐにわかった。近くだからこそ、地下に潜ったり乗物の到着を待ったりするのが面倒になるのだ。

「新卒で二十三てことは、大卒だよね？」

「はい」

「そういう人も、結構いるんだ？」

この質問もよくされる。わたしと歳が近い人がしてくることが多い。自身の就職と重ねて考えてしまうのだと思う。

「そうですね。やっぱり増えてます」

「確かに、若い男性ドライバーさんはたまに見るか。応対が丁寧だよね。ちゃんと指導を受けてる感じがする」

指導は受ける。みっちり受ける。そうでなければ公道は走れない。タクシーはお客さんを乗せて走る。自家用車に家族や友人を乗せて走るのとはちがうのだ。見知らぬ人を乗せる時点で、かかる圧がちがう。普通自動車第二種免許が必要、というのもわかる。一つ上が求められるのだ。

わたしはその二種免許を持ってなかった。持ってたのは普通免許だけ。それは大学一年の終わりにとった。免許証を手にしたのが三月。

そうしておいてよかった。普通免許をとって三年経たないと、二種免許はとれないのだ。とったのが大学二年の終わりなら、卒業後すぐに二種免許をとることはできなかった。

入社してからそれをとらせてもらえるのはありがたかった。費用を会社が持ってくれるのもありがたかった。

四月一日に入社し、二週間は本社でマナー研修などを受けた。これはドライバーとしての研修ではなく、社会人としての研修。だから新入社員全員が集められた。わたしの同期。何と、百人近くいた。

そして指定された教習所に通い、二種免許をとった。さらに、ホスピタリティ研修や危険予知トレーニングも受けた。東京タクシーセンターに出向いて地理試験も受けた。

それらを経て、ようやくデビュー。わたしは五月の終わりに配属先が決まった。東雲営業所だ。希望がすんなり通った。

これは、まあ、ほぼ通るのだと思う。例えば中途採用の人たちも勤務地は選べる。そこは大事なのだ。タクシードライバーの勤務は、早朝も早朝、始発が出る前に終わったりするから。仕事を終えたタクシードライバーが五千円をかけてタクシーで帰宅。そんなことでは困る。

デビューの日はさすがに緊張した。初日のみ、班長が添乗した。班長はまさに班の長。運行管理者で、配車なども担当する。

わたしの班の班長は女性。大村綾奈さん。まだ三十歳。てきぱきした人だ。

「緊張します」

運転席でわたしがそう言うと、助手席の大村さんは笑顔でこう言った。

「車には何度も乗ってるでしょ。やることはいつもと同じ。だいじょうぶ」

今も覚えてる。初めて乗せたお客さんは、四十代ぐらいの男性。おっという顔はせず、ぎょっとした。それはそうだろう。助手席に人が乗ってるのだから。たぶん、そうとは気づかずに手を挙げたのだ。空車の表示だけを見て。

「あれっ？」とそのお客さんは言った。

すぐに大村さんが説明した。

「新人ドライバーですので、添乗させていただいております。よろしいでしょうか」

「あぁ、研修みたいなことか。びっくりした。乗合かと思った」

「驚かせてすみません」

「何も変わらないよね？　ただ普通に乗ってればいいんだよね？」

「はい。ちょっと気になるかと思いますが、よろしくお願いします」

そのお客さんの行先も覚えてる。丸の内オアゾ、だ。

「そうか、新人さんか」と車内でお客さんは言った。「やっぱり最初はこうなんだね」

「今日がデビューです」とわたしが言い、

「でも運転技術はしっかり身につけておりますので」と大村さんが言った。

降りる際、お客さんはわたしにこんなことも言ってくれた。

「乗り心地がよかったよ。がんばってね」

「ありがとうございます」

ほっとした。でも二人になると、すぐに大村さんに言われた。

「今日がデビュー、はいらなかったかもね。それはこちらの事情であって、お客様には関係ないから」

「はい。気をつけます」

「でも全体としてはよかったです。うれしいよね、あんなふうに言ってもらえると」

「うれしいです。ムチャクチャうれしいです」

「ムチャクチャっていう言葉も、お客様にはつかわないようにね」

「はい。すいません」

で、翌日からは班長なし。一人。その日こそが本当のデビュー。

前日以上に緊張した。行先までの道を早口で説明されると、あわあわした。ナビをつかっていいですか？　と尋ねて、道わかんないの？　と言われ、なおあわあわした。たぶん、その日かいた脇汗は、わたし史上最多だと思う。

そしてどうにか四ヵ月経っての今だ。若いね、と何度も言われ、いやな顔も何度かされての、今。

まだ仕事をこなせてるとは言えない。毎日どうにか乗りきってる感じだ。今も緊張はする。脇汗もかく。それが当たり前になってきた。慣れてはきたのだと思う。すべてはお客さん主導。先手後手で言えば、こちらは後手。対応するしかない。それがわかってきた。

「高間夏子さんか」といきなりお客さんが言う。

「はい」と返事をしつつ、バックミラーで後ろをチラッと見る。

お客さんが身を乗りだし、助手席の前に提示された運転者証を見てる。

「ごめん。名前を訊くのも変だから、勝手に見ちゃった」

「いいですよ。お見せするためにありますので」

運転者証には、氏名のほかにも、登録番号と運転免許証の有効期限とタクシー事業者名が書かれてる。電気会社やガス会社の人が持ち歩く身分証みたいなものだ。

「タカマさんで合ってるよね？　コウマさんとかではないよね？」

「はい。タカマです」

「高間さんは、何でタクシードライバーになろうと思ったの？」

「うーん。車の運転が好きだったからですかね」と無難な答を返す。

無難だが事実だ。車の運転は好き。嫌いならタクシードライバーにはなれない。好きなことを仕事にするとかしないとか、そういうのとはまた別の話。タクシーに限らない。運転が嫌いなら、ドライバーの仕事はやれない。

普通免許をとって。母の軽自動車を乗りまわすようになって。運転は好きかも、とある日思った。東京では車に乗れない、と言う大学の友だちもいた。道幅が狭いからこわい、車も自転車も歩行者も多いからこわい、ということだ。わたしはそうは思わなかった。東京生まれだからかもしれない。

いちいち駐車場を探したりするのは確かに面倒だが、都内を自由に走りまわることには魅力を感じる。鉄道やバスでどこにでも行けはする。でも車で行くのはちがうのだ。街の広さや狭さを体感できる。まさに移動したのだと思える。

「初めからタクシー会社を受けるつもりでいたの？」

「初めからでもないですけど。タクシー会社を思いついてからは、それ一本でした」

東央タクシーのホームページを見たら、新卒の採用にも女性の採用にも力を入れてることがわかった。で、わたしは新卒の女性。入れてくれるだろう、と思った。そこは甘く考えた。

「乗るのは昼間だけ？」

「いえ、夜も乗りますよ。明日の朝まで通しです」

「女性もやっぱりそうなんだ」

「はい。男性と同じです。昼間だけの人もいますけど、そのほうが少ないですね。ほとんどの人が朝から次の朝までですよ」

「夜は夜専門てわけでもないんだ？」

「はい」

「ってことは、不規則だよね？」

「そうですね。それはしかたないです」

「それをしかたないと思える人じゃないとやれないのか。逆にそれをしかたないと思える人だから、やれるのか」とお客さんは一人で納得する。

それが普通の考え方なのだと思う。たいていの人は不規則な勤務形態を嫌う。規則的な夜勤すら嫌う。仕事を選ぶとき、それだけで候補から外してしまう。夜勤ありで不規則、となれば尚更（なおさら）だろう。だからタクシードライバーのイメージはあまりよくないのかもしれない。悪条件を飲んでする仕事、みたいに思われてしまうから。

実際、親御さんは反対しなかった？　と訊いてくるお客さんもいる。男女どちらにもいる。これに関しては、男性よりも女性、わたしの母世代の女性のほうが案外ねちねち言ってくる。女性でタクシードライバーなんて信じられない、とか、何のために？　とか。

一度、まさに信じられないことを言われた。

歳は四十代後半ぐらい。黒縁メガネをかけたお堅そうな女性だった。その人はこう言った。だったら風俗にすればよかったのに。

驚いた。えっ？　と言ってしまった。

どうせ大変なことをするならより稼げる仕事を、というような意味だったのだろう。

悪気があったわけでもないのだろう。あとでよく考えて、そう結論した。腹は立たなかったが、心穏やかでもいられなかった。

女性が女性に言えばセクハラではないと思ってる人はまだまだ多い。これもやはりタクシードライバーになってみてわかった。自分がお客さんの立場になると、そんな意識は薄まるものらしいのだ。だから簡単にその女性のようなことを言ってしまう。思ったことをそのまま口にしてしまう。

で、わたしは新人も新人。そういうお客さんに当たると、やはりちょっといやな気持ちになる。そのあとも少し引きずってしまう。同性から言われたときのほうが、むしろそうなることが多い。

「すごいね。立派だよ。感心する」

「ただ仕事をしてるだけですよ。誰でも、やれば慣れます」

「いやぁ。自分には無理だと思うなぁ」

「そんなことないですよ」

ないと思う。人間はたいていのことに慣れる。少なくとも、それが自分の意思で始めたことなら。

ここまで話したのだからいいだろうと思い、わたしも尋ねてみる。

「お客さんは、お仕事ですか？」

羽田空港へ行かれるのはお仕事でですか、という意味だ。言葉は省いたが、意味は通じた。

「うん。出張。これから札幌」

「北海道。いいですね」

「いいけど。もう寒いみたいだよ」

「あぁ。そうでしょうね」

「行ったことある？　北海道」

「ないです。わたし、本州を出たことがないので」

「東京の高校の修学旅行は沖縄が多いって聞いたことがあるけど。東京の人ではないの？」

「東京ですけど、わたしのときの行先は広島でした」

「広島も、よさそうだな。高校の修学旅行にはいいかもね」

「お好み焼き、おいしかったです」

「広島ふうのやつか。そばが入ってるんだっけ」

「そばと、あと、キャベツをたっぷり入れるみたいですね。ほんと、おいしかったです。わたしは普通のお好み焼きより好きかも」

「そばとキャベツか。いいね。食いたい。今度行ってみようかな。北海道にも沖縄にも行ったことあるけど、広島はないんだよね。いや、その前にまず、京都がないわ」

「それは、珍しいですね。わたしは中学の修学旅行が京都でしたよ」

「おれもそのはずだったの。山梨なんだけど、中学の修学旅行は京都だった。でも当日、まさかの発熱。前の日からカゼ気味で、ヤバいとは思ってたんだけど。朝、熱を計ったら三十九度近く。それで断念」

「修学旅行って、寒い時期ではないですよね？」

「うん。確か今ごろだったと思う」

「なのにカゼですか」

「そう。おれはさ、今でもそうなの。冬よりも、夏が完全に終わったときのほうがヤバい。何だろう。体が油断しちゃうのかな。今ぐらいの時期にいきなりカゼをひくんだよね」

「じゃあ、行かなかったんですか。修学旅行」

「うん。それ以来、行こう行こうと思いつつ、京都も行ってない。意外と行かないんだよね、京都って。もっと歳をとればちがうのかもしれないけど、十代二十代で友だち同士でどこか行こうとなったとき、京都、とはならないんだよな。みんな、修学旅行で一度は行っちゃってるし」

「そういうものかもしれませんね」

「次も、どこか行くなら京都じゃなく広島だな。運転手さんの意見を入れるよ。広島に行って、お好み焼きを食う。食いまくる」

湾岸道路を通り、羽田空港の第2旅客ターミナルへ。

国際線ターミナルと国内線ターミナルをまちがえることはまずないが、国内線ターミナルは要注意。第1と第2。二つあるのだ。そんなに離れてはいないが、移動で搭乗時刻に間に合わなくなる可能性はある。

だから、羽田空港へ行くお客さんを乗せるときは初めにどのターミナルかを尋ねる。空港に近づいたら確認の意味で再度尋ねる。お客さん自身が勘ちがいをしてる可能性もなくはないから。

空港中央インターチェンジ付近の道はほぼすべて一方通行。第2旅客ターミナル二階、出発ロビーの前に車を付ける。そこには降車場しかない。乗場は一階。到着ロビー前だ。

「ではこちらでよろしいでしょうか」

「うん。どうも」

料金を告げ、現金で支払いを受ける。ほしいと言われた領収書も渡す。

車から降りて後ろへまわり、キャリーケースを収めたトランクを開ける。

今は一つだからいいが、これが複数になると大変だ。稀にチップをくれるお客さんもいる。一度、二千円もらって驚いたことがある。そのときもここ羽田空港だった。

「あ、自分でやるからいいよ」

　そう言って、お客さんが自らキャリーケースを出す。

「すいません」

「運転手さん、名刺ある？」

「いえ。つくってないです」

　名刺を持つ持たないは自由。ただし、つくるなら自腹。わたしは持たない。あまり意味がないように思うから。

「そうか。残念。こっちの名刺は、渡してもいい？」

「はい」

　お客さんは上着の内ポケットから素早く名刺入れを出し、そこからさらに名刺を出す。差し出されたそれを受けとり、書かれた文字を見る。

　柳下治希。漢字の上にアルファベットで読みが記されてる。ヤナギシタハルキ、らしい。会社名は領収書に書いたものと同じだ。

「会社、知ってる？」と柳下治希が言う。

「名前は聞いたことがあります。何をしてるかまでは、ちょっと」

「いわゆるシステムインテグレーター」

「あぁ」

いわゆると言われてもわからない。その言葉も聞いたことがあるだけ。一応、経済学部卒なのに。

　察したのか、柳下治希は続ける。

「ソリューションプロバイダーだね。って、余計わからないか」

「ざっくり言うと、ＩＴ関係ですか？」

「そうだね。かなりざっくりだけど」

「すいません。くわしくないもので」

わたしは本当にくわしくない。例えばエンジニアも、ＩＴ関連の何かをする人だとつい最近まで思ってた。技術者、を指すまさにざっくりした言葉だと知って驚いた。

「名刺は車のなかで渡そうと思ったんだけど。そうすると、ドライブレコーダーに映っちゃうから」

「はぁ」とよくわからないままうなずく。

「もしよかったら、連絡をくれないかな」

「え？」

「高間さん、何かおもしろいなと思ってさ」

「おもしろい、ですか？」

「うん。まず、新卒女性タクシードライバーってとこがおもしろい。もっと話を聞いてみたくなった」

「あぁ」

要するにナンパだ。広い意味でのナンパ。こういうこともたまにある。わたしは三度め。でもここまではっきりしたものは初めてだ。前の二度は、今度飲みにでも行こうよ、と軽く言われ、すいません、それは、と軽く断る、という程度だった。

四ヵ月強で三度。多いのか少ないのかわからない。タクシードライバー。やはり声をかけやすいのだと思う。通りすがりの人、ではないから。

車外とはいえ、この位置だとドライブレコーダーにわたしたちの姿が映りこんでるかもしれない。映像を見れば、名刺をもらったことぐらいはわかるかもしれない。

まあ、それは関係ない。撮られてるからどう、撮られてないからどう、ではない。

「名刺は頂きます。でも、ご連絡はしないと思います」

それは言わなければならない。言っておきたい。変に濁して脈ありと思われたら困るから。

「そうか。それも残念」と柳下治希はあっさり言う。「何かごめんね」

「いえ」

「タクシーの運転手さんて、もう二度と会えないじゃない。そう考えたら、ちょっと惜しいなと思って。それでつい声をかけちゃったよ。高間さんの車に乗れてよかった。楽しかったよ。ありがと」

「こちらこそ、ありがとうございます」

「客に誘われたとか、会社に言わないでね」

「言いません」

「まあ、言ってもいいけど。こっちの会社名は出さないで」

「出しません」わたしはこう続ける。「札幌、気をつけて行ってらしてください。修学旅行のときみたいにカゼをひかれたりしないように」

「うん。気をつけるよ。というか、気をつけてもひくときはひくんだけど。じゃ、行くわ。どうもね」

「ありがとうございました」

頭を下げ、柳下治希の後ろ姿をしばし見送る。

そして車に戻り、シートベルトを締め、よかった、と思う。おかしなお客さんじゃなくてよかった。名刺をくれたのだからだいじょうぶ。まさに本人が言うとおりの感じでわたしに声をかけたのだろう。

確かに、同じお客さんを二度乗せることはまずない。毎日同じタクシー乗場で同じ時間に付け待ちをするならあり得なくはないが、それでも可能性は低い。ちがう場所で偶然乗せることは、ない、と言いきっていいと思う。乗せたところで、わたしやそのお客さんがそうと気づく可能性も低いから。

車を出して、考える。

お客さんを乗せました。名刺をもらいました。付き合います。

それはない。そうはならない。そんなふうに仕事をしたくない。そんな気持ちではしたくない。

今日の売上は六万円弱。わたしにしてみれば、多い。

やはり柳下治希の分が大きかった。羽田空港までの定額運賃が適用されてたら、今より三千円は少なかったはずだ。

やる人は一日八万九万の売上を出す。それをコンスタントに出す人もいる。場所のポイント、時間のポイントを知ってるのだと思う。ただ知ってるだけではダメ。見極めるのもうまいのだ。

わたしはまだ全然。あの辺りはいいと聞いても、その情報をうまく活かせない。それどころか、今でも、知り合いに手を挙げた人をお客さんとまちがえて寄っていこうとする。お客さんに気づくのが遅れ、寄せきれずにそのまま通りすぎてしまいもする。

一日に乗せるのは三十人強。そのなかでワンメーターがあったり、長距離があったりする。長距離と言えるのは、二十キロぐらいからだろう。

営業区域での長距離は割がいい。無駄がないのだ。お客さんを降ろした場所でまたすぐに次のお客さんを乗せられるから。営業区域を出てしまうと、そうはいかなくなる。

わたしの会社、東央タクシーの営業区域は、東京都特別区・武三交通圏。具体的には、東京二十三区と武蔵野市と三鷹市だ。これは厳格に決められてる。タクシーは営業区域でしか営業できないことになってる。

長距離のお客さんを乗せてそこから出てしまうこともある。もちろん、それはオーケー。例えば終電を逃したお客さんを千葉や埼玉や神奈川の自宅まで乗せたりするような場合だ。

そんなときは深夜割増もつく。だからありがたいことはありがたい。問題はそのあと。営業区域外で乗せていいのは、営業区域すなわち東京二十三区か武蔵野市か三鷹市に行くお客さんだけ。横浜までお客さんを乗せた帰りに、そこから川崎まで行くお客さんを乗せることはできない。

横浜で手を挙げられ、川崎まで、と言われたら、事情を説明して断らなければいけない。それは乗車拒否にはならないのだ。乗せてしまうとドライバーが罰せられる。会社までもが責任を問われる。

だからそうならないよう、帰りは表示を空車でなく回送にしてしまうことが多い。空走り。もったいないが、しかたない。

今日もそれがあった。終電を逃したお客さんをまさに横浜市の保土ケ谷区まで乗せ、帰りは回送で戻った。大田区に入ってすぐにお客さんを乗せられるかと思ったが、時間も時間なのでそううまくはいかず、目黒区に移ってやっと乗せられた。

走れるのは一日三百六十五キロまで、と決められてもいる。これはドライバーの負担を考慮してのもの。長距離長時間の運転は危険、との判断からそうなってるのだ。

三百六十五キロ。東京から名古屋辺りまでの距離。そう聞けば長いと感じる。

でもわたしたちの乗務は朝から次の朝まで。実際に賃走するのは乗務時間の半分だとしても、十時間ぐらいは乗る。三百六十五キロに届いてしまいそうな日もある。残り二十キロというときに、箱根まで、と言われないとも限らない。だから早めに回送にしてしまう。

そんなこんなで午前四時。指定のスタンドでLPガスを補給し、まだ空が暗いうちに営業所に戻った。

売上金を納め、この日の報告書を提出する。そして最後のひと仕事に向かう。洗車だ。

会社には専任の洗車スタッフなどいない。洗車もドライバー自身の仕事。

実はタクシー専用の洗車場というものも各所にある。千円ぐらいかかるらしいから、わたしは利用したことがない。一回千円はキツい。五百円でも、たぶん、利用しない。

車は一台を二人でつかう。隔日勤務の二人で一台。交互に乗るという形だ。わたしは菊田つぐ美さんとペア。つぐ美さんは今、四十八歳。中途採用でドライバーになった人だ。ペアとはいえ、入れちがいになるので、あまり会うことはない。だからこそ、洗車はちゃんとやる。つぐ美さんもきれいにしてくれるから、わたしもきれいにする。何だかんだで一時間かける。かけるというか、かかってしまう。

隣の洗車スペースには姫野さんがいた。姫野民哉さん。わたしより三歳上の人だ。今、二十六歳。わたしのような新卒採用ではなく、つぐ美さんと同じ中途採用。シフトが同じなので、出勤日が重なることも多い。出勤時間も同じだから、帰庫する時間もほぼ同じ。ここでよく一緒になる。

「おつかれさまです」とわたしが言い、

「おつかれ」と姫野さんが言う。

車の反対側をスポンジで洗ってた姫野さんがこちらへまわってくる。

「今日はどう？」

「六万はいきませんでした」

「すげえじゃん。おれ、四万台。全然ダメ。ワンメーターの嵐。いや、吹き荒れたねぇ。嵐」

でも姫野さん、いいときはいい。いく日はそれこそ八万九万いく。波があるタイプなのだ。自分でもそう言ってる。乗んないときは乗んないのよ、と。お客さんが乗らないという意味ではない。自分の気が乗らないという意味だ。

わたしも洗車にかかる。

まずはタイヤとホイールに洗剤をかけ、ブラシで洗う。それからホースで弱めに水をかけて車体をスポンジで洗う。水切りワイパーで水を切り、吸水クロスで拭く。車内に移り、窓ガラスやダッシュボードやハンドルやシフトレバーを拭く。落ちてるごみを拾う。日によってはゴムマットも洗う。そんな流れだ。

ブラシでタイヤを洗いながら、ふと柳下治希のことを思いだす。

今は札幌か。確かに寒そうだ。東京でこのぐらいだから、札幌なら冷えるかもしれない。

そして作業の手は止めずに言う。

「姫野さんて、顔がいいじゃないですか」

「あ?」

「カッコいいですよね。顔」

「おぉ。何だ、いきなり告白か?」

「洗車しながらしませんよ、そんなこと」

「逆にいいじゃん。洗車しながら告白。安〜いドラマとかにありそうだ」

「とにかく。顔はいいじゃないですか」

「顔はって言うなよ。顔が、もしくは、顔も、と言え」

この人はこうなのだ。黙ってればカッコいいタイプ。しゃべることでそのカッコよさを台なしにしてしまうタイプ。プラスからマイナスへの振り幅がすごい。

「顔は」とあらためて言う。「いいじゃないですか」

「いいな。で?」

「お客さんに声をかけられたりしませんか?」

「女性客に?」

「はい」

「そんなにはかけられないな」

「そうですか」

それもちょっと意外。

姫野さん、顔は本当にいいのだ。初めて会ったときはわたしも驚いた。イケメン!と思い、うぉっ! と声を上げそうになった。

そうは言っても、ただ思っただけ。惹かれたりはしてない。わたし自身は、極端なイケメンにはむしろ引いてしまうほうなのだ。絶対に裏があると感じてしまう。なくても何か無理、と考えてしまう。

「そもそも、お客がタクシードライバーの顔をそんなに見ないだろ。ばっちり顔を合わせるのは支払いのときぐらいだし。その最後の一瞬だけで、好きです、と言わせることはできねえよ。いくらおれでも」

というそのふざけたもの言いは措いとくとして。

確かにそうかもしれない。まず、ドライバーがイケメンであることにお客さんが気づかないだろう。気づいたところで、支払いのときではもう遅い。

「そんなにはってことは、たまには声をかけられるんですか?」とさらに訊く。

「かけられる。運転手さん超カッコよくないですか? とたまに言われる。鷲見翔平に似てるとも言われるよ」

鷲見翔平。人気俳優だ。否定できない。姫野さん、顔はちょっと似てる。ただし、鷲見翔平はちゃんとしゃべれる。カッコよくしゃべれる。

「そう言われたら、どう言うんですか?」

「あっちがおれに似てるんですよ、だな」

「鷲見翔平のほうが歳上ですよね」

「あ、そうなの?」

「たぶん。もう三十ぐらいになるんじゃないですか?」

「そうなのか。まあ、いいだろ。好きで似たわけでもねえし」

「そのあと誘われたりしませんか？　飲みに行きましょうよ、とか」

「するよ。飲みに行こうとか、カラオケに行こうとか言われる」

「そんなときは、どうします？」

「断るよ」

「やっぱりそうなんですね」

「向こうがこっちの好みであることは、まずねえから」

「そういう意味で断るんですか？」

「そう。別に行ってもいいんだけどさ。そういう相手って、わかんねえじゃん。あとでいきなり会社に電話をかけてきて、運転手に飲みに行こうと誘われたとか、まるっきり逆のことを言いだすかもしんないし」

「お客さんと付き合ったりするのは、ありなんですかね」

「ありだろ。お客を乗せてラブホに直行、なんてのはダメだけど。きっかけとしてはありだよな。それはもう個人の領域だし。会社にどうこう言われることでもない」

「うーん」

「例えばさ、世の中には教え子と結婚する教師なんてのもいるわけじゃん。もちろん、在学中に手を出したらアウト。でも卒業してから付き合うなら、ありだよな」

「まあ、そう、なんですかね」

とは言うものの、積極的に賛同はできない。わたしの父が教師だから。母は教え子ではないが。

四つのタイヤとホイールを洗い終え、ブラシをスポンジに持ち替えて車体洗いに移る。退屈しのぎのつもりで訊いてみる。

「姫野さんて、中途採用ですよね」

「ああ」

「前は何の会社にいたんですか？」

答が来る。有名な航空会社だ。

「えっ？」と声を上げてしまう。「何ですか、それ」

「飛行機の会社だよ。つくるほうじゃなくて、飛ばすほう」

「そういうことじゃなくて。何なんですか、そのうそ」

「は？　うそじゃねえよ。お前にうそついてどうすんだよ」

「だって、就職ランキングのトップテンじゃないですか」

「そうだな。もしかしたらトップスリーかも」

「やめないでしょ、そんなとこ」とついタメ口になる。

「やめるだろ。どんな会社だって、やめるやつはやめる。誰もやめない会社なんてねえよ」

やや間を置いて、わたしは言う。

「ほんとですか？」

「若いやつの離職率は、大手企業も中小企業もそんなに変わんないだろ」

「そっちじゃなくて。その会社にいたってほう」

「ほんとだよ。ほんとじゃないなら、何のためのうそだよ」

「何年いたんですか？」

「二年。で、ここが今二年め」

「じゃあ、第二新卒で入ったんですか？」

「いや。ウチはそういうのねえじゃん。募集も常にしてるし。ただの中途採用だよ」

また間を置いて、わたしは言う。

「ほんとですか？」

「だからほんとだっつうの」

「何でやめたんですか？　いや、その前に。何でその会社に入れたんですか？」

「受かったからだよ、入社試験に」

「受か、ります？」

「受かったんだな」

「大学、どこですか？」

答が来る。有名な一流私大だ。いや、超一流私大。

「すごいじゃないですか。偏差値、高いですよね？」

「高いな。すげえんだよ、おれは」

「それもほんとなんですよね？」

「ほんと。でなきゃ受かんなかったろうしな、その会社に」

「で、何でやめたんですか？」

「堅苦しかったから。プライドが高いやつばっかだったし」

「パイロット志望とかですか？」

「いや。おれは普通の総合職。技術系じゃなくて、事務系の。パイロットは採用が別なんだよ。自社養成パイロットってやつだな。入社してから、そっちに応募しときゃよかったかなと思ったよ。乗物の会社に入ったのに乗らないのも何だなって」

「何ですか、それ」

「いや、おれ、乗物は好きなんだよ。だから就職のときもその会社を選んだ。偏差値が高くて乗物が好きなんだから、そうなるよな」

「なりますかね」

「なったよ」

「じゃあ、姫野さん、そう見えて、頭、すごくいいんですね」

「そう見えてって何だよ」

「顔はよくても、頭はよく見えないから」

「頭もいいんだよ。まさにハイスペックだな」

「そのハイスペックな人が、ウチに移ったんですか?」

「そう。だから乗物は好きなんだよ」

「それが理由ですか?」

「それが理由。やっぱ自分で乗ろうと思った。空がダメなら陸。海よりは陸。普通の発想だろ。タクシーなら堅苦しいこともなさそうだし。実際に乗ってわかったよ。一人で動けるのはいいよな」

「それは、そうですね」

初めて姫野さんと意見が合った。というか、初めて姫野さんがまっとうなことを言った。

一人でやれる仕事はいい。本当にそう思う。もちろん、そこは会社員。すべてを一人でやれるわけではない。縛りもある。でも現場では一人。あそこに行ってみよう、またここに戻ってみよう。そういうことはすべて自分で決められる。楽しい。たまにはいやな思いをすることもあるが、それはどの仕事でも同じだろう。

「周りの人たちは何も言いませんでした?　航空会社からタクシー会社に移って」

「言われるも何もねえよ。誰にも聞いてねえから。聞く必要ないだろ、そんなの。人に言われて何かが変わるわけでもないし」

わたしはそこで思いついたことを言ってみる。

「姫野さん、だから道くわしいんですか？」

「何？」

「東京の道。ムチャクチャくわしいですよね」

「自然と覚えるだろ、乗ってりゃ」

「無理ですよ。わたしはナビ頼みですもん。姫野さんは頭がいいから覚えられるんですよ」

「それは関係ないだろ」

「わたしも大きな地図は頭に入ってますけど、走ってるうちにわからなくなるんですよ。何度も曲がってるうちに方角がわからなくなるというか」

「俯瞰してとらえないからだな」

「頭がいいからそれができるんですよ。空間認識能力みたいのが高いんじゃないですかね」

「高間が低すぎんじゃねえの？　それはもう、頭がいい悪いの話じゃない。お前が方向音痴なんだろ」

　そう言われると、否定はできない。確かにそんな面もある。例えば初めて行ったショッピングモールのトイレに入った場合、出たときに通路を左右どちらに進めばいいかわからなくなる。自信を持って向かった先が売場ではなく奥の男子トイレ、なんてこともある。

「何にしても、変わってますよね。航空会社からタクシー会社に転職って」

「お前が人のこと言えないだろ。新卒女子がタクシー会社に就職ってのも相当変わってんぞ」

「わたしは運転が好きだからですよ」

「おれも運転は好きだよ。運転してれば酔わないことがわかって、なお好きになった」

「酔うんですか？　車に」

「酔うな。昔からかなり酔ってた。けど、免許とって自分で運転してみたら酔わねえじゃん。ちょっと感動したよな」

「それは、何でなんですか？」

「自分で運転してると、停まったり曲がったりするときの揺れなんかがあらかじめ想像できんじゃん。だから酔わないって話。予想外の揺れとかがないから」

「あぁ。なるほど」

　車体を洗い終えると、洗剤の泡を水で洗い流す。そしてその水を、吸水クロスで拭く前に水切りワイパーで切る。ビル清掃の人たちが窓をきれいにするときにやるあれだ。まず水滴を切る。切ってから拭く。

で、わたしがそれをしてると。ひと足先に洗車を終えた姫野さんが言う。

「お前さ、水をもっとよく切ってから拭いたほうがいいぞ。いくら吸水クロスといったって、水、吸わせすぎ。ビタビタじゃん。それじゃ水を広げてるだけ。意味ねえよ」

「水切りはしてますよ。してるけど、こうなっちゃうんですよ」

「水切りワイパーをうまくつかえてねえんだな。おれがつかってる二枚刃のやつはいいぞ。シリコンのブレードが二つ付いてる。シェーバーと同じだな。剃(そ)り残しなし、みたいな」

実際に見せてもらった。確かにブレードが二枚ある。水を切りやすそうだ。

「新品があるからやるよ。次、つかってみ」

「くれるんですか?」

「タダじゃない。金はもらうっつうの。何でおれがお前にタダでやんだよ。千円以上すんだぞ」

「それをいくらで売る気ですか?」

「まあ、千円でいいよ。千円以上、の以上の部分は負けてやる」

「ぼったくりじゃないですよね?」

「ねえよ。疑うならネットで見ろよ。千円以上すっから」

「じゃあ、もらいます。買います」

買った。ロッカーから新品を持ってきてもらい、千円を渡した。

「領収書、いる？」

「いりませんよ。というか、出せるんですか？」

「出せない」

まったく。この人は本当に余計な発言が多い。

「よく流さないまま水切りをすんなよ。砂粒をワイパーで一緒に引きずると、ボディに傷がつくから。つかう前にはよく洗うことな。まあ、それはそのワイパーに限った話じゃないけど」

「わかりました。ただ、わたし、今でも洗車に一時間かかっちゃうんですよね」

「おれも三十分はかかるよ。慣れりゃ速くなんだろ。道上さんなんて死ぬほど速えからな。一度、手を止めて観察したことがあるけど。あの人は手を抜いてるわけじゃないのに速え。動きに無駄がないんだな。あれはスナイパーの動きだ。感心したよ」

道上剛造さん。コワモテのベテランドライバーだ。歳は五十すぎ。その世代にはコワモテの人も結構いるが、道上さんは段ちがい。

わたしはいつもあいさつをするだけ。話したことは一度もない。とてもじゃないが、話せない。社食で道上さんの正面の席が空いてても、ほかを探してしまう。道上さんはそれほどこわいのだ。タクシードライバーであることを知らなかったら、たぶん、カタギには見えない。実際、元スジ者ではないかという噂もある。

「で、そういや、高間はどうしたの？」と姫野さんに訊かれる。

「何がですか？」

「男のお客に声をかけられたんだろ？　だからさっきあんなことを訊いてきたんだろ？」

「ちがいますよ」

「ちがわないだろ」

あっさりそう言われたので、わたしも言ってしまう。

「ちがいませんけど。でも大したあれじゃないですよ」

「誰？　スケベそうなおっさん？」

「ではないです」

「昼間から遊んでる金持ち大学生？」

「でもないです。普通の会社員ですよ。名刺をくれました。札幌に出張らしいです」

「じゃ、何、羽田まで？」

「はい」

「出張に行く前にお前に声をかけたわけだ。すげえな。まあ、あれか、出張前で、ちょっと開放的な気分になったのか」

「別にあやしい人じゃないですよ」

「で、名刺もらって、連絡すんの？」

「しませんよ」

「迷ってるから訊いたんだろ？　おれに」

「迷ってるからじゃなくて、そういうこともあるのかと思って訊いただけですよ」

「高間が気に入ってんなら、連絡してみてもいいんじゃね？」

「いいんですか？」

「マズくはないだろ。名刺をもらっただけなんだろ？　車内でＬＩＮＥのＩＤを交換したり、そのままラブホに直行したりしたわけじゃないだろ？」

「ないですよ」

「ならあとはお前自身の判断だ」

　ＬＩＮＥのＩＤ交換とラブホ直行。その二つはレベルに差がありすぎるような気もするが、どちらもマズいということでは同じかもしれない。

「じゃ、おれ、帰るわ。お先」

　そう言って、姫野さんが車の運転席に乗る。車を車庫に戻せば勤務は終了だ。

「おつかれさまでした。ワイパー、どうも」

「毎度あり」

姫野さんの車が去っていく。

お客さんともあの調子で話すのかな、と思う。

まさかな。あの調子で話したら、会社にクレームが来るだろう。下手をすれば、東京タクシーセンターに直でクレームが行くだろう。


午前五時すぎ。長かった一勤務を終え、営業所をあとにする。

この時期この時間の空はまだ暗い。これからは夜がもっと長くなる。

東雲駅までは歩いて十分もかからない。ただし、電車はまだ動いてない。よそとくらべて始発は遅め。出るのは午前五時半すぎ。わたしはそれを待たない。待つ必要がないのだ。歩いて帰れるところに自宅があるので。

通勤は徒歩十分。これは大きい。数あるタクシー会社のなかからわたしが東央タクシーを選んだのもそれが理由だ。ここに営業所があるから。

通勤に電車やバスをつかうとしても、早朝だからまだ混んではいない。とはいえ、二日分の仕事をしたあとに二十分も三十分も電車やバスに乗るのはしんどい。歩いて帰れるのは本当にありがたい。東雲は繁華街ではないので、治安も悪くない。暗いなか、一人で歩いてもこわくない。

首都高速湾岸線に背を向けて歩く。小学校のわきを通るときに、ふと思いつき、スマホで洗車用水切りワイパーを検索してみた。

姫野さんから千円で買ったあれ。確かに千円以上することがわかった。通販サイトを三つ四つ見てみたが、千円を切るところはなかった。サイトによっては千五百円ぐらいした。ナイス姫野、とつぶやき、検索を終了した。

歩道橋を渡ってさらに歩き、自宅に到着。

周りには立派なマンションもあるし、ちょっと離れればタワーマンションもある。でもわたしが住むのはその類ではない。こぢんまりしたマンションだ。何ならアパートと言ってもいいぐらいの。

三階建ての二階。２ＤＫ。母と二人だから、それで充分。

洋間が二つ。六畳のほうを居間としてつかい、四畳半のほうを寝室としてつかってる。寝室にはベッドが二つあるので、それだけでもういっぱい。身動きがとれない。

帰宅すると、まずシャワーを浴びる。たいていはシャワーのみ。真冬以外、追い焚きはしない。ガス代がもったいないからだ。前夜に母が入ってから時間が経ってるので、バスタブのお湯はすっかり冷めてる。沸かし直すのもバカらしい。

わたしが今の会社に勤めてそうするようになったら、母までもがシャワーですませるようになった。バスタブにお湯を張らなければ水道代も節約できるからと。

シャワーを浴び終えると、朝のニュース番組を見ながら、レンジで温めた牛乳を一杯飲む。で、グダ～ッとする。寝に入る前のそれが何とも心地いい。

そんなことをしてるうちに午前六時になり、母が起きてくる。

六時半になっても起きてこなかったら起こしてね、と言われてるが、母が六時に起きてこなかったことはない。わたしが帰ってきてあれこれやる音で、うっすら目を覚ましてはいるのだと思う。

そしてわたしは歯をみがいて寝る。朝ご飯を食べることはない。食べたいが、食べない。寝る前に食べたら太ってしまう。だから母もわたしの分はつくらない。

わたしが働きだして、生活はこの形になった。母がおはようを言い、わたしがおやすみを言う。そんな具合。

そうなることはわかってたから、このマンションを出て一人暮らしをすることも考えた。出ることないでしょ、と母が言った。せっかく営業所が近いのに、出たらバカらしいじゃない。

そのとおりだった。近くでワンルームのアパートを借りたらそれこそバカ高い。出ない前提で今の会社に決めたのだ。出たら意味がない。

でも実際にその生活が始まってみると、母に悪い気もした。２ＤＫのマンションで生活時間が異なる二人が暮らしていくのは大変なのだ。常に気をつかい合う感じになる。

隔日勤務には、ようやく少し慣れた。まだ四ヵ月強。慣れきったとは言えない。でも最初に感じたキツさはなくなった。そこは人間、慣れてくるものだ。不規則も規則的に続けばいつしか規則になる。規則的に不規則ならそれはもう規則。そういうことだろう。

隔日勤務は、タクシー会社ではごく一般的。ドライバーの八割はそうしてる。あとは日勤。普通の会社員のように、午前八時から午後五時まで、というような形。女性がそれを望むことが多い。子どもを持つ人とか、夜勤をしたくない人とか。でもまさに夜勤がない分、稼げない。

わたしの場合は、午前八時から翌午前四時まで。着替えや点検や洗車などの見なし残業を含めて二十一時間、という感じ。一回の勤務で二日分の仕事をする、と言えばわかりやすいだろうか。

そう聞くと、誰もがまず、大変！　と思う。正解。大変は大変。誰にでも合う勤務形態ではない。体が完全に慣れることも、実際にはないだろう。何年続けた人だって、深夜に疲れのピークは来る。

でもメリットもある。休みが多いのだ。一日おきで、一ヵ月に十一、二乗務。最大でも十三乗務と決められてる。乗務のあとは明け休み。午前四時に仕事を終えて午前八時からまた仕事、なんてことはない。

明け休み後に休みが続くこともある。三連休が続き、明け休みも含めて四連休になることもある。一ヵ月前に次のシフトがわかるから予定は立てやすい。旅行の予約だって入れられる。

地味にいいのが、通勤の回数を減らせること。電車通勤の人にとってそれは大きいだろう。帰りは早朝だから、ラッシュには当たらない。当たるのは出勤する日の行きだけ。多くても十三回。

休みの多さにはわたしも魅力を感じた。運転も好き。ただ。それだけの理由でタクシー会社に就職しようと思ったわけでもない。

大学二年生のとき。ストーカーに襲われた女性のニュースをテレビで見た。

その女性は自分がストーカーに狙われてることを知ってた。だから警戒もしてた。帰りが遅くなり、駅からタクシーに乗った。男性ドライバーに自分のアパートを知られるのもいやなので、手前の大通りで降りた。そこからアパートまで歩くあいだに襲われたのだ。

苦い話だ。何とも言えない。が、女性がそうしたのもよくわかる。

その男性ドライバーがあやしかったわけではないだろう。知らない男性に無駄に自宅を教える必要はない。女性としてそう思っただけ。わたしだってそうしたかもしれない。

でも。それではタクシーに乗った意味がない。警戒したことにならない。

どうしたらいいのか。

女性のタクシードライバーが増えればいいのだ。わたしがタクシードライバーになればいいのだ。そう思った。思ってしまった。

我ながら単純。でもその思いつきには惹かれた。

で、わたしは就活の時期を迎えた。

どうするの？　と母に訊かれ、その思いつきを話してみた。タクシー？　と母はさすがに驚いた。すごいこと考えるわね、夏子。

でもそれだけ。反対はしなかった。わたしが内定をもらうと、すごく喜んでくれた。就職祝にとティファニーのネックレスをくれた。勤務中は結婚指輪しかつけられないだろうから普段はおしゃれをしなさいよ、と言って。

母とは、十年前からこのマンションに住んでる。そのころはまだマンションが多くなかったので、今の相場よりは家賃が少し安い。いい時期に移ったのだと思う。時期がそうなったのはたまたまだが、母がいい場所を選んだ。そうしてくれたことでわたしがタクシードライバーへの一歩を踏みだしたとも言えるのだ。

わたしはここ江東区で、父室山薫平（むろやまくんぺい）と母高間想子（そうこ）のあいだに生まれた。

父は数学の教師だった。だったというか、今もそう。都立高の教師なので、東京都から出ることはない。でも転勤はある。五年ごととか六年ごととか、そのぐらいの感じで動く。

わたしが生まれるちょうど半年前の四月一日に江東区の高校に異動した。すでに母はわたしを身ごもってた。だから早めにということで、江東区に引っ越した。異動がわかったころには、うまい具合につわりも治まってたのだ。そして十月一日にわたしが生まれた。つまり、わたしがどこで生まれるかは、父がどの高校に異動するかで変わってたわけだ。

生まれてからずっと、わたしは東西線木場駅近くの賃貸マンションに住んだ。父は後に新宿区の高校に異動になったが、そのときも引っ越しはしなかった。東西線で楽に通えたし、母も江東区で働いてたからだ。

そう。母も、わたしを産んでしばらくすると職場に復帰した。母がそうしたかったからというよりは、会社に請われたから。

母は紳士服販売会社の社員。そもそもはアルバイトだったが、そこから正社員になった。何故なれたかと言うと。売るからだ。

実際、母はムチャクチャ売るらしい。今いる銀座の店でも売る。アルバイト時代にいた江戸川区のロードサイド店でも売ってた。固定客もついてたらしい。

母はバリバリ売りまくるセールスウーマンには見えない。真逆。おっとりしてる。ほわ〜んとしてると言ってもいい。それがよかったのだろう。

スーツを買いに来た中高年のおじさんたちに母は人気があったはずだ。美人だとか、そういう話ではない。と娘が言うのも失礼だが。母はおじさんたちの懐にすっと入りこめるのだ。踏みこむのでなく滑りこむ感じで。

紳士服の量販店。買いに来るおじさんたちにも、たぶん、ファッションへの強いこだわりはない。なかには何でもいいという人もいたかもしれない。何でもいいからこそ、何を買っていいかわからない。逆に迷う。

で、いつの間にかそこにいた母に尋ねる。どれがいいの？　母は答える。これがいいと思います。さらに言う。あ、こっちもいいかも。母自身が迷い、おじさんも迷う。うーん、と母。うーん、とおじさん。量販店のスーツ。そもそも高いものでもない。おじさん、どっちも買う。

あくまでも勝手な想像だが。そんな光景が見える。おじさんも母との買物を楽しめただろう。母はそんなふうに人を和ませる。

父と知り合ったのも、その店で。母が働いてた店に父がスーツを買いに来たのだ。

結婚前だから、父はまだ二十七ぐらい。その歳で量販店にスーツを買いに行くところが父らしい。

で、そこで母にやられた。

スーツを買った一週間後に父はまた来店したという。パンツの裾上げで不備があったのか、と母は思ったそうだ。でも話を聞いてみたらこうだった。いや、何かほかのものも買おうと思って。

ほかのもの。何でもいいの？　と思ったわよ。と母は笑ってた。まさにそれ。父は何でもよかったのだ。母に会いに来たのだから。

父が勇気を出して誘い、母が応じた。何度かの卓球デートを経て、付き合うようになった。どこに連れて行けばいいかわからない父に、母が言ったのだ。じゃあ、卓球をやりましょうよ、と。母は中学と高校で卓球をやってたから。

二人は結婚した。その一年後にわたしが生まれた。

母は結婚を機に退職するつもりでいたが、やめないでほしいと会社に説得された。やめるのは子どもができてからにしてほしい、と。ならそうします、と母もとどまった。が、結婚後すぐに子どもができた。わたしだ。母はやめることにしたのだが、またしても、やめないでほしいと会社に説得された。休んだあとに復帰してほしい、と。

それは父が渋った。母がそこまで必要とされるのはうれしいが、子どもが生まれたらずっとついててほしい、と思ったのだ。

迷った末、母は父に言った。わたし、やる。だって、そこまで言ってくれてるのにやめたら悪いもの。

父も無理やり会社をやめさせるようなことはしなかった。が、やるべきことはちゃんとやってくれよ、みたいなことは言った。

そこはやはり父だ。子育ては母親の役目、と自分が決めてしまう。自分が絡むことは必ず自分が決める。母が働くかどうかは母の問題。そこに自分は絡まない。だから好きにさせる。でも子育ては家庭の問題。そこに自分は絡む。だから自分が決める。父にしてみればそんな理屈なのだと思う。

硬〜い父と、やわらか〜い母。その組み合わせは悪くないように見えた。お互いの穴を埋め合える可能性もあった。でもそう簡単にはいかなかった。すべての凹凸がうまく合わさるとは限らないのだ。硬さはやわらかさに負けないが、やわらかさは硬さに負けてしまう。

母は仕事をして家事もした。子育てもした。父は仕事だけをした。そして母の家事や子育てに不備があるとそれを指摘した。

父と母は徐々にうまくいかなくなった。溝は徐々に深まった。

わたしの前でひどいケンカをするようなことはなかった。やわらかい母がいつもススッと引くからだ。父は硬いだけでなく、鈍くもあった。母が引いたことにまるで気づかなかった。

母が悲しい顔をすることが増えた。わたしはその顔を見たくなかった。わたしの前で母が悲しい顔を無理やり楽しい顔に変えるのも見たくなかった。小学三年生あたりでつらいと感じ、小学五年生あたりで耐えられなくなった。自分から母に言った。ねぇ、お母さん。わたし、お母さんと二人でもいいよ。

母は驚いた。そんなこと言っちゃダメ、と言った。そして初めてわたしの前で泣いた。もう小五でそんなには泣かなくなってたわたしも泣いた。わたしは母の味方だった。初めからずっとそうだ。

母とわたしのあいだでそんなことがあったなんて、父は考えもしなかっただろう。その日の夜ご飯の席で、このさんま、もうちょっと焼いたほうがよかったんじゃないか？と言った。今日のご飯、ちょっとやわらかいんじゃないか？　とも言った。母が急いで仕事から帰ってつくったというのに。

今から十一年前。わたしが小学六年生のときに、父と母は離婚した。

言いだしたのは母。父は驚いた。が、そう言われていきり立つようなことはなかった。父は父で、母とはうまくやっていけないと感じてたのかもしれない。

原因は浮気でも何でもない。これぞまさにの、性格の不一致。父は硬すぎて、母はやわらかすぎた。それに尽きる。

父はさすがに教師。言うことはいつも正しかった。正しいことしか言わなかった。子育ては母親の役目、というのも、父にしてみれば正しかったのだろう。

正しいのはいい。ただ、もうちょっとゆるくてもよかった。父には、車のハンドルやブレーキペダルで言う遊びの部分がなかった。遊びがあることで、ハンドルやブレーキの動きは滑らかになる。それがないのだ。

学校でもそんな感じだったのだろう。生徒たちからは、薫ちゃんと呼ばれてたらしい。薫平だから、薫ちゃん。表立ってではなく、裏で呼ばれてたのだ。たぶん、悪口に近い形で。

離婚が成立すると、父が先に一人でマンションを出た。わたしが小学校を卒業するまでは母とわたしがそこに住みつづけた。中学に上がってからも住みつづける。それも検討した。住まない、との結論を出した。二人では広すぎたし、家賃の負担も大きかった。何よりもまず、母とわたしがそこに住みたいと思わなくなってたのだ。

母は同じ学区内でマンションやアパートを探した。近場に適当なものはなかった。そしてこの東雲の物件を見つけた。同じ江東区。友だちとはちがう中学に行かなければならないが、木場からもそんなに遠くないので、会いに行くことはできる。

ということで、ここへ引っ越した。

初めは小学校のときの友だちと会ったりしたが、それも中一の夏休みぐらいまで。その後はわざわざ会いに行くこともなくなった。中学生なんてそんなものだ。大事なのは今現在の居場所だから。

木場から東雲。どちらも江東区。あちこちに水路があるので、江東区は好きだ。水を感じてられるのはいい。

東雲という地名も、何かカッコよくて好き。意味を調べてみたことがある。夜が明けようとして東の空が明るくなってきたころ、だそうだ。知ってなお好きになった。だから就職もそこでしてしまった。〇歳から二十三歳までずっと江東区。今さら西に住むイメージはない。

といっても。

先のことはわからない。西に住むカレシができたら、あっさり移ってしまうかもしれない。結婚したら、西にある営業所のどこかに移れないか、会社に相談してしまうかもしれない。

といっても。

できるのか？　カレシ。

できるのか？　結婚。

# 十一月の神田（かんだ）

タクシーを運転してるとわかる。タクシーに乗る人は多いのだと。

実際、思った以上に多くの人たちが、ワンメーターの距離でもタクシーを利用する。何年か前に初乗り料金が一気に下がったことも大きいだろう。それなら短い距離でも利用しようという人は増えた。

初乗り料金が適用されるのは、一・〇五二キロまで。大人の足で十分から二十分の距離だ。自宅から駅まで、もしくは駅から会社まで。歩けるけどいいや、という感覚で乗るのだろう。

歩きたくないから乗る、というだけでもない。五分を節約したいから乗る。そんな人たちが東京にはたくさんいる。溢（あふ）れてる。

空車で流せば手が挙がる。お客さんを乗せられる。すごいことだ。大都市以外では考えられない。

今のところわたしはほぼ流しのみ。付け待ちはまずしない。効率がよくない気がするのだ。付け待ちは確実にお客さんを乗せられるが、その分、時間をつかうから。

流してるときに無線配車やアプリ配車の要請が入ることもある。その場合、お客さんの一番近くにいた車が応じることになってる。ペースが乱されるのでそれを億劫がるドライバーもいるが、わたしは嬉々として向かう。空車の表示を回送にし、お客さんが待つ場所へと急ぐ。

オフィス街や繁華街を流してて、お客さんを二十分乗せられないと結構あせる。二十分あれば、時速三十キロでも十キロは走ってしまうのだ。まさにただのドライブ。その空走りは痛い。

この日もその感じだった。二十分が何度もあった。三十分も一度あった。無線配車とアプリ配車は一度もなかった。燃料が無駄になるだけだから、いっそ停まってじっとしてようか、とさえ思った。

朝から乗って、深夜までずっとそんな具合。終電が出たあとに錦糸町で乗せたお客さんも浦安までしか行ってくれなかった。

今日はダメだな、と思いつつ、江東区の清澄にあるファミレスに向かった。売上が伸びないせいであせりにあせり、夜ご飯を食べずにいたのだ。でもそれでやっとあきらめがついた。

そのファミレスはよく利用する。二十四時間営業で、駐車場もあるからだ。東京のファミレスは、二十四時間営業でない店が案外多い。オフィス街近辺は特にそう。駐車場はほぼない。だからこの店は貴重なのだ。夜に限らず、近くで休憩をとるとなったら寄る。

一乗務のあいだに休憩は三時間とれることになってる。昼ご飯と夜ご飯で一時間ずつ。残りの一時間はまさに休憩としてつかう。十五分を四つとか、二十分を三つとか、そんなふうに分けてとる。今日は夜ご飯休憩をここへ持ってきたのだ。

毎日外食をするわけではない。そんな余裕はない。コンビニでサンドウィッチを買って車内で食事、となることが多い。

コンビニで買物をする際は必ずトイレも借りる。それこそが重要なのだ。今はほとんどのコンビニにトイレがあるが、昔はないのが当たり前だったという。女性ドライバーにとって、それはキツい。夜のトイレ、は本当に切実な問題なのだ。

公園なんかにもトイレはある。昼なら、まあ、そこでいい。でも深夜はさすがにこわい。強盗よりこわいかもしれない。車から降りてしまえば、ドライブレコーダーの目も届かない。狙われたらたまらない。

営業所には社食があるので、戻れるなら戻ってしまうことも多い。昼は午前十一時から午後二時まで、夜は午後四時半から午後八時まで開いてる。わたしの場合は昼が主、夜はあまり利用しない。

休憩に入るときはナビのタブレットにある休憩ボタンを押す。そうすることで勤務時間は管理される。休憩をとらないのもダメなのだ。ドライバーの過労は事故へとつながるから。ドライバーを守ることが、お客さんを守ることにもなる。

毎朝の呼気検査も、そのために行われる。これに引っかかるのはマズい。アルコールが検知されたら、三十分以内に二回めの検査を受けなければならない。その二回めでも検知されたらアウト。その日はもう乗務できない。欠勤扱いとなる。

三度それをやったら完全にアウト。まさにスリーアウト。解雇される。そう決められてる。雇われる時点で説明もされる。

わたしはお酒を飲むが、さすがにアルコールを検知されたことはない。出勤日の前夜は飲まないことにしてるのだ。飲むのは休日の前夜だけ。それがうまく金曜や土曜に当たったとき以外は、学生時代の友だちとも飲まない。

で、清澄のファミレス。深夜のそこはさすがに空いてた。

このところ、コンビニやファミレスは営業時間を短縮する流れになってる。この店までもが二十四時間営業でなくなったらキツい。タクシードライバーにとって、深夜に休める場所は大事なのだ。

車内でも休めることは休める。シートを倒せば楽な姿勢もとれる。が、一応、わたしも女子。誰かに見られる可能性があるので、落ちつかない。たまにはきちんとしたイスに座ってコーヒーを飲みたくもなる。車から出たくもなる。

今日は卵とチーズのオムライスを食べる。前に一度食べて気に入った一品だ。卵にチーズを加えられたら敵わない。それは反則。ひれ伏すしかない。

深夜二時すぎにそんなものを食べていいはずもない。でもその時間に食べるからこそ、おいしいのだ。ダメダメ、という気持ちに、よしよし、という気持ちが勝ってしまう。

オムライスを食べ、あぁ、もう半分、あと半分、と嘆いたところで、ポケットのスマホがブルブルと震える。

取りだして、画面を見る。ＬＩＮＥのメッセージではない。通話。

〈響吾〉

出て、まず言う。

「ちょっと待って」

イスから立ち上がり、出入口へ向かう。食い逃げだと思われないよう、近くにいたウエイトレスさんにスマホを見せて頭を下げ、外に出る。

「もしもし」

「夏子、久しぶり」

「久しぶり」

「今、何してる？」

「ご飯食べてる」

「仕事中?」

「そう」

「よかった。場所、どこ?」

「清澄」

「って、どこだっけ」

「清澄庭園があるところ」

「その庭園がわかんないわ」

「駅で言うと、清澄白河。大江戸線で門前仲町の次」

「近い。ラッキー!」

「何?」

「おれ、今、神田。飲んでたらさ、終電逃しちゃって。乗せてくんない? 実家まで。金はちゃんと払うから」

「本八幡だっけ、実家」

「そう」

本八幡。さっき行った浦安市の隣。市川市。

神田から本八幡なら一時間弱。深夜割増で八千円ぐらいだろう。悪くない。いや、いい。今日は散々だったわけだし。

最近やっと、ここからここまでなら時間はどのぐらいで料金はいくらぐらい、というのがわかるようになってきた。ざっくりとではある。でも進歩だ。

本八幡は千葉県だから、営業区域外。帰りは区域内に行くお客さんしか乗せられない。でも浦安同様、すぐ戻れる。

響吾に言う。

「終電が出てから、結構時間経ってるよね」

「うん。うわ、出ちゃった、と思って。しかたないから、また少し飲んだ」

「明日は仕事じゃないの？」

「仕事」

「ダメじゃん。ネットカフェに泊まったほうがよくない？」

「そうしようかとも思ったけど。昨日と同じ服で会社に行くのも何かさ」

「誰も気にしないでしょ、そんなの」

「いや、案外見られてるんだよ。って、おれが思ってるだけかもしんないけど」

「神田ならいっぱいいるでしょ、タクシー」

「どうせ乗るなら夏子のに、と思って。そこそこの距離だし」

そう言われても、喜んでいいのかわからない。タクシードライバーとしては喜びたいが、高間夏子としてはそんなに喜べない。もう会うことはないと思ってたのだ、響吾とは。

「神田のどこに行けばいいわけ？」

「駅かな。えーと、たぶん、南口。千葉側に向いてるほう」

「まだオムライスが半分残ってるから、それ食べてからだよ」

「いい、いい。来てくれる？」

「うん。そっちは今どこにいるの？」

「居酒屋の外。じゃ、あれだ、その南口の近くに牛丼屋があるからさ、その前にしよう。おれもそこで牛丼食うわ」

「ずっと飲んでたんでしょ？」

「締めだよ、締め。オムライスと聞いたら腹が減ってきた。時間、それでちょうどいいぐらいでしょ。店の前にいるようにはするけど、いなかったらＬＩＮＥして」

「わかった」

「オムライス、ゆっくり食べてよ。おれも牛丼、ゆっくり食うから。いや、今日はやっぱカレーかな」

「じゃあ、行くよ。三十分以内には着けると思う」

「了解」

　通話を終えて店内に戻り、オムライスの残り半分を急いで食べた。元カレとはいえ、お客さん。待たせるわけにはいかない。

　お金を払って、店を出る。車に戻り、エンジンをかける。念のため、ナビで場所を確認。ＪＲ神田駅南口の近くには確かに牛丼屋があった。

　そこへゴー。

　さすがに道は空いてた。

　予告した三十分はかからずに到着することができた。

　響吾が店から出てくるのが見えた。おぅ、という感じに手を挙げるので、右に寄せて停まる。左にあったタクシー乗場を避けたのだ。そこに来た車だとほかのお客さんに勘ちがいされないように。

　後部左のドアを開ける。響吾が乗りこむ。ドアを閉める。

「おぉ。マジで夏子だ」

「ご利用ありがとうございます。どちらまで？」

　敬語を冗談ととらえたのか、響吾は笑う。

「本八幡。駅に向かって」

「京葉道路でよろしいですか？」

「うん」

「シートベルトをお願いします」

「と、その前に。助手席に乗ってもいいの？」

「それはちょっと」

「ダメ？」

「ダメですね。ドライブレコーダーも作動してますし」

「あぁ、そっか。だから敬語か。撮られてるから」

「だからではなく、お客様はお客様だから、ですね」

それもやはり冗談ととるらしく、響吾はさらに言う。

「これはこれでおもしろいよ。そういうプレイみたいなもんだ。コスプレの一種」

バカだ、こいつ。大学時代と変わってない。

響吾がシートベルトを締める。

「では向かいます」とわたし。

「お願いします」と響吾。

一方通行路を直進し、外堀通りに入る。すぐにまた左折。あとはしばらくまっすぐだ。

「よかったよ。マジでたすかった」

「たまたま近くにいましたので」

「でもよかった。こんなときは夏子を呼ぼうと、前から思ってたんだ」

「こんなとき、というのは」

「飲んで終電を逃したとき。やっとそのときが来た。終電ギリってのは何度もあったけど、逃したのは初めてだよ」

「そこまでお飲みにならないほうが」

「いや、飲んじゃうよね。そのくらいしか楽しみがないから」

「今日は仕事だからよかったですけど、そうじゃない日もありますので」

「そうか。それは考えなかったな」

「考えましょうよ」

響吾にこんな話し方をするのはあまりにも不自然。違和感しかない。

ドライブレコーダーの映像は管理者が見る。トラブルが起きてないのに見ることはないだろう。勤務態度をチェックするために見るようなことがあるにしても、偶然この日この時間のものを見る、なんてことはないだろう。

そう思い、言う。

「あのさ、午前二時に電話とかいうのは勘弁してよね」

「あれっ。何、プレイは終了？」

「プレイじゃないけど終了。お客様がそれをご所望ってことで、いいよね？」

「うん」

「休みの日の深夜に、飲んだから来てっていう電話で起こされたくない」

「休みの日も、夜は起きてんじゃないの？」

「起きてないよ。寝てる」

「そうなんだ。昼と夜を完全にひっくり返してんのかと思った」

「夜勤のみならそうするだろうけど、朝から次の朝までだからそうはならない」

「とにかくよかったよ、今日が仕事で。いや、おれもさ、タクシーは痛いなぁ、と思ったんだけど。夏子に稼がせるならいいか、とも思ったんだよな」


それには、うぐっとなる。名前どおり、たまにこうして響くことを言うのだ、響吾は。本当にたまにだけど。

福井響吾。わたしと同い歳。大学も同じで学部も同じ。経済学部経済学科。まさか付き合うことになるとは思わなかったが、付き合った。告白されたのだ。男女四人で飲みに行った帰り。方向が同じということで、二人になったときに。

まあ、いいか、という感じで付き合った。だから長続きはしなかった。響吾のほうも、勢いで告白したようなとこがあったのだ。

大学三年の冬休み前から付き合い、大学四年の夏休み前に別れた。どちらもが就職の内定を得たあと。響吾に新たな相手ができたのだ。ゼミで一緒になった子。名前まで知ってる。折戸早香。予想はついてた。仲がいいと、周りの友だちからも響吾自身からも聞いてたから。

好きな子ができた。と響吾は正直に言った。好きな子、とそこで言うならわたしは何なのか、と思った程度。腹は立たなかった。特にもめることもなく別れた。ほとんど引きずらなかった。響吾と口をきかなくなるようなこともなかった。友だちに戻った感じだ。夏子、よくそうできるね、とゼミ仲間の財津唯乃には言われた。わたしなら無理。絶対シカトだよ。

響吾は今も実家住まい。本八幡に一戸建ての家がある。大学にもそこから通ってたし、今の会社にもそこから通ってる。会社の最寄駅は秋葉原。そのくらいのことは知ってる。別れたあとも普通に話したから。

「よく飲むの？」と尋ねてみる。

「うん」と響吾は答える。「週二か週三」

「誰と飲むわけ？」

「会社の同期とか、大学の友だちとか」

「大学の友だちって？」

「マストとかカツヒサとか」

「あぁ」

堂前益斗に細矢克久。ゼミの友だちだ。早香もいたゼミ。わたしはちがうゼミだから、その二人も顔と名前を知ってるだけ。話したことはない。

「あとは、バイトしてたときの友だちとか」

「そんな人とまで飲むの？」

「何か誘っちゃうんだよ、飲みに行きたくなってさ。今日は飲まないで帰ろうと、朝は思ってんの。母ちゃんにも今夜はメシいるからって言うし。でも昼メシを食ったあたりから、あれあれ、となってきて、夕方には、やっぱ飲み行こう、と」

「で、誘うんだ？」

「そう」

「何か、ヤバくない？」

「ヤバいな」と響吾はすんなり認める。

ちょっと意外に思う。いや、別にヤバくないでしょ。仕事だけで一日が終わるなんてつまんないじゃん。と、わたしが知る響吾ならそんなことを言いそうだから。

「ヤバいと思うよ、自分でも」

「どうしたの？」

「うーん」と言い、響吾は黙る。

バックミラーで様子を見る。

響吾は窓の外をぼんやり見てる。初めからだらしなくゆるめられてたネクタイが、さらにだらしなくゆるめられてる。ほとんど高校生の着崩しレベル。

「参ったよ。おれさ、何もできねえの」

「何もって？」

「仕事」

「あぁ。一年めなんだから、誰だってそうでしょ」

「そうでもない。できるやつはできんのよ。業務内容の細かいことまで知ってるとかではないんだけど。何か、できんのよ。言われたことをうまくこなすとか、そこにプラスアルファを乗っけるとか」

「プラスアルファはともかく。響吾は、言われたことをこなしてないわけ？」

「こなせては、いないだろうなぁ。つかえないやつとか言われてんじゃないかな」

「新人にそんなこと言う？　できなくて当然ていう目で見てると思うけど」

「どうかなぁ」

「リース会社、だよね？」

「そう」

システムインテグレーターもわからなかったが、リースもわからない。

「リース会社って、何するの？」

「おれもよくわかんない」

「何それ」

「いや、ほんとにさ、入って半年以上経つのに、いまだに雲をつかむような感じなんだよ。もちろん、先輩にあれこれ訊くし、もらった答の一つ一つはわかるんだけど。全体になるとわからないというか」

「よくそれで入ったよね」

「よく会社もとったよなぁ、おれを。同期でもさ、優秀なやつはマジで優秀だよ。おれなんかは売手市場だから入れたクチだけど、なかにはいい大学のやつもいんの。東大もいるからね」

「へぇ」

ウチにも一流私大卒がいるよ、と言ってみたくなる。姫野さんだ。でも言わない。姫野さんが本当にそこを卒業したのか、まだちょっと疑ってるから。

「そういう人も、できるように見せてるだけなんじゃないの？」

「それはないよ。事務処理能力とか、やっぱ高い。一を聞いて十を知っちゃうしね。おれなんか、一を聞いて〇・一しか知れないのに」

「同期のそういう人たちと飲みに行くの？」

「いや。おれレベルのやつと。できるやつは、終電を逃すまで飲んだりしないよ」

「それはするでしょ。できる人だってお酒は飲むよ。羽目を外すことだってあるだろうし」

「あるかなぁ」

ある。赤坂辺りで深夜に乗せるお客さんを見ればわかる。いかにも霞(かすみ)が関(せき)のお役人、みたいな人たちでも、ベロベロに酔ったりはする。わたしのことを、お姉ちゃん、と呼んだりもする。

「夏子は、同期とかいんの？」

「いるよ。会社全体なら百人ぐらいいる」

「そんなに？　新卒をそんなにとってんの？」

「うん。わたしも入ってみて驚いた。研修を受けたあとにみんな分かれていくから、今の営業所にいるのは十二人だけど」

「でも十二人いるのか」

「多くはないよ。営業所には五百人以上いるし。車も二百台以上ある」

「その同期と飲んだりする？」

「しないかな。仲が悪いわけじゃなくて、そんなに会わないから。基本、仕事は朝終わるし」

「そうか」

同期と会ってたのは研修のときだけ。それぞれシフトもちがったりするから、なかなか外で会うまではいかない。それでも何人かとはＬＩＮＥで情報交換をしてる。神林朱穂と霜島菜由と中崎十一と永江哲巳。前の三人はわたしと同じドライバー。哲巳だけが総合職。営業所の職員だ。

「夏子はおれみたいに飲んだりする必要もなさそうだな」

「何で？」

「だって、ちゃんとやってるじゃん」

「やってないよ。というか、できてない」

「いや、できてんじゃん。こうやって一人で車に乗って、客のおれを乗せてくれてる」

「それが仕事なんだからやるでしょ。できるもできないもないよ」

大学三年の二月。就活を始める前。つまり、わたしたちがまだ付き合ってたころ。それぞれ志望する業界について話してたとき、響吾はわたしに言った。

タクシーかぁ。

そこには否定のニュアンスがあった。たぶん、まだ本気にしてもいなかったのだ。本気にしてからは、何も言わなくなった。そのときにはもう、わたしたちの終わりは始まってたのかもしれない。

なんてカッコをつけて言ってみたが。

初めからその程度の関係だったのだと思う。

「夏子はさ」

「ん？」

「何かカッコいいな」

「何がよ」

「さっき、牛丼屋んとこに来てくれたじゃん。おれ、牛丼はとっくに食い終わってて、水を飲みながら窓の外を見てたんだよな。それっぽいタクシーが来たらすぐ出るつもりでさ。で、あれかなと思って。出て。運転席にいるのが夏子だとわかって。ちょっとゾクッとした」

「何よ、それ」

「別にエロい意味じゃなくて」

「そんなこと言ってないよ」

「マジでカッコよかった。すごいな、と思ったよ。ちゃんと仕事してんだな、社会人なんだなって。おれ、ムチャクチャ負けてるわ。大負けだわ」

「勝ち負けじゃないでしょ、そんなの。ちゃんとやってるように見えるだけだよ。わたしだって、毎日ひやひやの連続。道をまちがえて怒られるなんてしょっちゅうだし」

「乗ってみて思ったけど。やっぱ、運転うまいな。当たり前だけど、大学んときよりずっとうまいわ」

「大学のときに乗せたことなんかある？」

「ほら、おれが実家の車で都内に出たとき。ダルいからって、途中で運転を代わってもらったじゃん」

「あったね、そんなこと」

「そんときはうまいとも下手とも思わなかったけど。今ははっきりうまいと思うわ。走りがスムーズ。おっさんドライバーみたいに荒くない」

「わたしに運転させないでよって話だけどね」

「ん？」

「今じゃなく、あのとき」

「あぁ」

「普通、運転させないでしょ、カノジョに」

「いや、させるでしょ。ダルいときは」

「ダルいときが多すぎ」

「そうかも」と響吾はそこもすんなり認める。

また意外に思う。いや、ダルいときはダルいでしょ。ダルダルでしょ。と、わたしが知る響吾ならそんなことを言うはずだから。

やはり相当弱ってるのかもしれない。学生時代のダルダルのつけがまわってきたのかもしれない。

「早香とは別れたよ」と響吾がいきなり言う。

「あぁ。そうなの」

「三ヵ月ぐらい前。お盆のころ。お互い環境が変わると、やっぱそうなっちゃうな」

「必ずしもそうとは限らないでしょ。続く人たちだっているよ」

「でもおれは、大学を卒業する時点で、続かないかもって思っちゃってたし」

「向こうは、何の会社？」

「スポーツ用品」

響吾は社名も挙げた。誰でも知ってる有名な会社だ。高校生のころはわたしもスニーカーを持ってた。体育の授業でつかってた。

「一年めだからまずは販売店に配属されて。いろいろまかされて、ちゃんとやってるらしいよ。で、そっちで気になる人ができたらしい」

「気になる人」

「と早香が言ってた」

「で、別れたの？」

「そう。おれも夏子に同じことをしたから、まあ、しかたないな、と思ったよ。自分もやっといてどうこう言えないし」

首都高速7号小松川線と並走する。江戸川を渡ったところで左に曲がれば本八幡駅だ。

「夏子」

「何?」

間を置いて、響吾が言う。

「もしあれならまた」

「レコーダー!」と遮る。

音も録られてるからね、ということだ。あとに続く言葉は容易に想像できるので、先手を打った。

が、鈍い響吾は言う。

「ん、何?」

「いや、だから、録音もされてるから」

「これまでも、されてるよね?」

「そうだけど。おかしなことを言いだしそうだったから」

「おかしなことって?」

「よりを戻す、みたいなこと」

言ってしまった。結局、わたしの声でその言葉を残してしまった。

「ちがうよ。おれが言おうとしたのは、もしあれならまた飲みに行こうってこと」

「まどろっこしいよ。飲みに行くなら、もしあれなら、はいらないじゃない。また飲みに行こう、でいいでしょ」

「あぁ、そうか」

「意味深な間もあったし」

「あった？」

「あった。夏子。何？　のあと」

「それは、あれだよ。外を見てたら、歩道に犬がいたからだよ」

「犬？」

「犬を連れてる人、か。この時間に散歩？　と思った。だから間ができた」

「そんな人いた？」

「いた。それを言おうかと思ったけど、まあ、飲みに誘うほうが先だなと」

笑う。呆(あき)れ笑いだ。

やはり響吾は変わってない。人はそう簡単に変わらない。変わる必要も、そんなにはない。むしろ、変わろうと思って簡単に変われるような人をわたしは信用しない。

「もうじきだけど」と響吾に言う。「家まで行く？」

「うん。近くなったらナビするわ」

「よろしく」

さすがに響吾が手前の大通りでタクシーを降りたりはしないだろう。わたしに家を知られたところで困ることはないから。

男性のお客さんでも、自宅の手前で降りる人は結構いる。ドライバーが女のわたしでもそう。男女は関係ない。あらゆる人を警戒するのだ。今は何がどうなるかわからないから。

江戸川大橋を行く。ここは有料道路だが、篠崎インターチェンジから京葉市川インターチェンジまでは無料区間として走れる。

江戸川を渡りきり、千葉県に入る。そしてすぐにバイパスに合流する。

響吾のナビが始まる前に、自分から言う。

「響吾さ」

「ん?」

「他人を優秀だと認められるのは、長所だと思うよ」

「何?」

「同期が自分より上だと素直に認められるのは響吾の長所だと思う。優秀な人たちは、たぶん、そういうことはできないよ。絶対におれのほうが上だとか、そんなふうになりそう」

「実際、おれよりは上だしね」

「自分よりも上の人に対してってこと」

「あぁ」

「そういう素直な部分を評価されたから、響吾は今の会社に入れたんじゃない？」

「素直な部分を認められて入社試験に合格。何か、バカっぽくね？」

「いいじゃん。きっと、バカ枠での採用だったんだよ」

「うわ、言っちゃったよ。バカ枠はひどい」

「じゃあ、ムードメーカー枠とか、盛り上げ枠とか」

「どっちにしてもバカっぽい」

そう言って、響吾は笑う。いい意味で、単純なのだ。わたしがタクシー会社を受けると聞いて、タクシーかぁ、と思いもするが、自分がリース会社を受けることについても、何でだよ、と思える。自身を過大評価しない。

「やっぱ夏子はいいな。もしあれならまた付き合う？」

「付き合わない」

「来た。即答。あ、信号の手前、左ね。その細い道」

言われて入った道は本当に細い。車二台はすれちがえない。

そしてすぐのところで響吾は言う。

「はい、ここ。左がウチ」

だったらあんたは手前の通りで降りなさいよ、と思う。が、もちろん、そんなことは言わない。大事なお客さんだから。

料金は八千円強。響吾に一万円札を渡され、お釣りを返す。

「ヤバい。金ない。今月も赤字決定」

「こんなことしてるからでしょ」

「でも夏子に会えてよかったよ。乗せてもらえてよかった。また呼んでいい？」

「いいけど、近くにいなかったら行けないよ」

「うん」

「あと、通話はやめてね。メッセージにして」

「了解」

「では。ご利用ありがとうございました」

「こちらこそどうも。マジでたすかった」

「明日、遅刻しないようにね」

「あぁ、そうだ。明日というか、もう、今日じゃん。二時間しか寝れない。母ちゃんに起こしてもらうしかないな。そんじゃ」

響吾が降りる。

ドアを閉め、車を出す。

道が細い住宅地をどうにか抜け、広い通りに出る。

帰りは、今来た道でなく、千葉街道を行くことにする。そうすれば、総武線の小岩駅辺りでお客さんを乗せられるかもしれない。

で、本八幡駅の近くまで来て、信号で停まったとき。コンコンと助手席側の窓を叩(たた)かれる。

見れば。四十前後の男性だ。表示は回送にしてるが、気づかなかったらしい。

窓を下ろし、説明する。

「すいません。今は回送中で、お乗せできないんですよ」念のため、言ってみる。「都内に行かれるかたならお乗せできるんですが」

「都内だよ」

「え、ほんとですか?」とつい言ってしまう。喜びが声に出てしまう。

「高砂(たかさご)」

「京成高砂、ですか?」

「そう」

葛飾(かつしか)区だ。乗せられる。営業区域に行くお客さんに自ら声をかけてもらえる。こんなツキに恵まれることはまずない。

後部左のドアを開け、乗ってもらう。

「シートベルトをお願いします」

お客さんがシートベルトを締めてくれる。カチッという音が聞こえる。

信号が青になる。発進。

「京成高砂駅でよろしいですか?」

「駅までは行かない。その手前。高砂北公園を目指して」

「高砂北公園。ナビを利用させていただきますね」

「うん」

走る。そこまでは七キロほど。時間にして二十分ぐらいだろう。長距離ではない。でもよかった。そのあと営業所に向かえばちょうどいい。

お客さんは何もしゃべらない。胸の前で腕を組み、目を閉じてる。そんな人もいる。わたしたちドライバーにしてみれば楽だ。話をする気はないと言ってくれてるようなものだから、あれこれ考えなくていい。運転に集中できる。

市川橋を渡り、都内、営業区域に戻る。ほっとした。ここまで来ればだいじょうぶ。気が変わっていきなり降りると言われても問題ない。

ナビが示したとおりの道で、高砂北公園を目指す。やはり住宅地。細い道が多い。この辺りはそんなに来ないから、まったくわからない。姫野さんなら、こんな場所でもわかるのか。

もう公園ですけど、と言おうとしたところで、お客さんが言う。

「そこ右」

「はい」

右折し、左手に公園を見て進む。すぐに線路に突きあたる。そのまま道なりに走る。

「停めて」

「え？」

「停めて！　早く！」

「でも、まだ」

何もない。家はない。左手は広々とした公園。右手は線路。

「いいから！　早く！」

「はい」

左、公園側のガードレール沿いに停める。二台がすれちがえる広さの道。ほかに車は走ってない。駐まってもいない。停めてもだいじょうぶ。

なのだが、マズい。ほかに車がいないだけに、マズい。

タクシードライバーになって初めて、わたしのなかで危険信号が灯る。

お客さんがシートベルトを外す。急ぐ感じが音で伝わってくる。

マズい。ほんとにマズい。

「開けて！　ドア開けて！　早く！」

わけもわからず、ドアを開ける。

お客さんは素早く降りる。逃げ去るかのように降りる。

すぐにこんな声が聞こえてくる。

オエッ！

声というよりは、うめきだ。

何かが滴る音まで聞こえてくる。

あぁ、と思う。そういうことか。

安堵（あんど）する。大いにする。

運転席の背の部分には、紙製の青い袋が常備してある。いわゆるエチケット袋だ。つかったら料金がかかるということはない。まあ、つかいたくない気持ちはわかる。誰だって、人前で吐きたくはない。

お客さんはずっと我慢してたのだろう。腕を組んで目を閉じてたあれは、我慢だったのだ。とにかく動くまい、動いたらヤバい、という。

車に酔った人は、むしろ動くことが多い。頻繁に足を組み替えたり、車内のあちこちを触ったり。右を見たり、左を見たり。だから読みちがえた。ひたすらじっと耐える人もいるのだ。

車から降り、ボンネットの側からお客さんのほうにまわる。

お客さんはガードレールの内側にいた。それをまたぎ越えたところで力尽きたらしい。こちらに背を向けてしゃがんでる。しゃがんでるというよりは、這いつくばってる。

「だいじょうぶですか？」と声をかける。

「どうにか」そしてお客さんはこう続ける。「あぁ。気持ちわり」

本八幡のどこかで飲んだのだろう。響吾以上に、深酒をしたのだろう。初めから気分は悪かったのだ。でもちょうど目の前にわたしのタクシーが停まり、乗っちゃおう、と思った。二十分ぐらいならいけると判断した。が、無理だった。高砂北公園までは来た。そこで気がゆるんだ。そういうことだろう。

オエッ！　をさらに二度やり、お客さんはようやく落ちついた。

何度かつばも吐いたあと、こちらを見ずに言う。

「ごめん」

「いえ」

「どうにかもつかと思ったんだけど、ダメだった。でもよかった、車のなかで吐かないで」

何も言えない。道路は汚してしまったわけだから、それをわたしがよかったとは言えない。でも、よかった。車内で吐かれた経験はまだないが、話は聞く。そのあとの清掃は大変なのだ。丁寧にやっても、臭いはなかなか消えないらしい。

　お客さんがようやく立ち上がる。そしてこちらを見る。

「家はすぐ先だから、ここでいいよ。いくら？」

　運転席に戻って料金を確認し、それを告げる。三千円強だ。

　五千円札を受けとり、お釣りを返す。

「千円でいいや。小銭はとっといて。迷惑かけたから」

「いいんですか？」

「うん」

「ありがとうございます。本当に、だいじょうぶですか？」

「うん。ダメだけど、だいじょうぶ」

　気持ちはわかる。思いを素直に表した言葉だからか、それは案外響く。

　ダメだけど、だいじょうぶ。

　二十三歳のわたしが言うのも何だが。

　生きてれば、そんなことは多い。

「ねぇ、夏子」と母が言い、

「ん？」とわたしが言う。

「あんた、見合しない？」

「は？」

「お見合」

「何それ」

「男の人と会うのよ。結婚を前提に付き合うことを前提に、会うの」

「見合の意味は知ってるよ。でも、何それ」

「夏子もいい歳だから」

「いい歳って。まだ二十三だよ」

「こないだ自分で言ってたじゃない。いい歳になっちゃったって」

「それは、また一つ歳をとっちゃった、くらいの意味」

「だからいい歳になったってことでしょ？」

「だからそういう意味じゃなくて。ただ単に歳をとったってこと」

「ただ単にってことはないじゃない。歳をとるっていうのはそういうことよ。人生が進んでいくってこと。夏子、もしかして結婚しないつもり？」

「まさか。そんなつもりはないよ。でも、今はまだ考えられない。仕事を始めたばかりだし」

「仕事を始めたからこそ考えなさいよ。三十歳なんてすぐだよ。四十歳もすぐ。結婚するなら早いほうがいい。お母さんは二十五のときだったけど、もっと早くてもよかったと思うわよ。今のあんたの歳でもいいぐらい。子を持つならね、早く持つほうがやっぱり楽なのよ」

「それはそうでしょうけど」

「例えばお母さんが四十で夏子を産んだとするでしょ？　そうすると、あんたは今、九歳。四十九で九歳の子を育てるのはキツいと思うもの」

「それもそうでしょうけど」

「そのあと夏子が十代で荒れたりしたら、お母さん、対処できないわよ。もう五十代半ばだし」

「わたし、荒れなかったじゃない」

「今この状況ならわからないでしょ？」

「この状況って？」

「五十代のお母さんが十代の夏子を一人で育てるっていう状況。いろいろ難しいことが起こるかもしれないじゃない」

「そう仮定して想像することに意味がある？　もうわたし育っちゃってるから、そんな心配しなくていいよ」

「夏子が母親としてそうなったら困るっていう話」

「先走りすぎでしょ」

こういうとこ、母はよくわからない。本気で言ってるのか何なのか。母のおっとりは、時々こうして妙な方向へ進む。

今日のわたしは明け休み。明日もあさっても休み。母も明日は休みだ。だからこうして二人、居間でテレビを見ながらお酒を飲んでる。

こんな日はこうなることが多い。たいていは、朝、束の間の顔合わせタイムに母が言う。今日、お酒飲んじゃう？　で、わたしも言う。うん。飲もう。

そんな日は料理はなし。母が仕事から帰る前、夕方のうちにわたしが近くの大型スーパーでお酒やお惣菜を買ってくる。

お金は母が置いていってくれるが、わたしも少しは出す。母七割、わたし三割。毎月三万円渡してる食費とは別。いらないわよ、と母は言ってくれるが、飲むときは出す。

明け休みの日は午前六時すぎに寝る。疲れてるから寝つきはいい。まさにコロッといく。でもそのまま九時間十時間寝てしまうかと言うと、そんなことはない。六時間ぐらいで目は覚める。

しようと思えば二度寝もできるが、しない。そこですると、夜に寝られなくなる。そのほうがキツいのだ。出勤前夜もそうなってしまうので。

だからがんばって起きる。無理やり休みモードに入り、銀座や日本橋に出かけたりする。出かける用がなければ、お台場までブラブラ歩く。ブラブラと言いつつ、早足で歩く。日ごろの運動不足解消に努めるのだ。

お台場まで行き、帰りは有明(ありあけ)から豊洲(とよす)にまわる。その辺りの道はどこも歩道が広いから歩きやすい。水辺で景色もいい。歩いてて気分がいい。

で、豊洲から東雲に戻り、お買物。

お惣菜は、揚げものを避け、サラダにバンバンジー的なものを絡めることが多い。お酒はカロリーオフの缶チューハイ。アルコール度数も低めのものを選ぶ。母は地中海レモンサワー、わたしは白桃サワーが好き。

今日もその日。飲みデー。二人、飲んで、食べた。

そしてタレントの春行(はるゆき)が出てるテレビのバラエティ番組を見てたら、母がいきなりそれを切りだしたのだ。その、見合しない？　を。

「今この時代に見合？」とわたしは言う。「結婚情報サービスの会社もマッチングアプリも山ほどあるこの時代に？」

「時代は関係ないわよ」と母はあっさり言う。「お見合は今もあるでしょ。あんたが言うそのアプリとかが目立つようになったから陰に隠れただけ。なくなってはいないわよ。だって、一番安心できる形だもの。こわいじゃない、知らない人と会うなんて」

「見合だって、会うのは知らない人でしょ。身元は確かかもしれないけど」

「でもそういうのとはやっぱりちがうのよ」

「何がちがうの？」

「真剣度が」

「そんなことないでしょ。マッチングアプリに登録する人はともかく。結婚情報サービス会社と契約してる人のほうがずっと真剣なんじゃない？　だって、お金を払うんだから。お金をもらうからには、業者さんも真剣になるだろうし」

「でもそれは、いやじゃない？　自分とは何のつながりもない人が絡むんだよ」

「そこがいいんでしょ。変なしがらみがなくて。いやな人は契約しないよ」

「夏子は、する？」

「わたしはしないけど。でも結婚したいのに相手がいないとなったら、考えなくはないかも」

「お金を払ってそうするのは、いやじゃないの？」

「別にいやではないよ。そういうものというか、そのためのものだし。お母さんだって、見合なんてしたことないでしょ？　お父さんとも、一応、恋愛結婚だよね？」

一応、をつけてしまう。母は父と離婚してるから。

「一応ね」と母自身も言う。「だから夏子も知ってるでしょ？　恋愛結婚ならうまくいくというわけでもないの。もちろん、見合のほうがうまくいくわけでもないけど。とにかくね、働きはじめたからこそ、考えたほうがいいと思うのよ」

「でも。働きだして一年も経ってないし」

「働いてるあいだも考えなさいってことじゃないわよ」

「だとしても」

「仕事に期限があるならいい。いついつまでやめると決まってるならね。夏子はそうじゃないでしょ?」

「うん」

「だったら、早めに考えてマイナスになることなんてないのよ」

「うーん」

母はグラスに注いだ地中海レモンサワーを一口飲んで言う。

「タクシードライバーって、出会いはあるの?」

「ないことはない、かな。いや。ない、のかな」とあやふやな返事をする。

「お客さんとかは?」

名刺をもらった柳下治希を一瞬思い浮かべて、言う。

「それはないよ」

「お客さんと付き合っちゃいけないの?」

「いけないことはないだろうけど。いけないなら、一度乗せた人はずっとダメってことになっちゃうし」

「じゃあ、ドライバーさん同士は？」

今度は姫野さんを一瞬思い浮かべて、言う。

「それもないよ」

「どちらもがドライバーなら、悪くないいんじゃない？　お互い、仕事への理解もあるだろうし」

まあ、そうかもしれない。でもどうなのだろう。相手の仕事がすべてわかってると、逆にやりづらいのか。現場で一緒になりさえしなければ、そんなこともないのか。

「夏子、付き合ってる人がいるの？」

そこでは何故か響吾を一瞬思い浮かべて、言う。

「いないよ」

「じゃあ、いいじゃない」

「いないからいいっていうものでもないでしょ」

「軽い気持ちで会ってみればいいのよ。いやならいやでいい。会うだけ。お母さんだって、無理強いする気はないもの。この人と結婚しなさい、なんて言わないわよ」

言わないだろう、母なら。まず、その母がこんな話をしてること自体にわたしは驚いてるくらいなのだ。

「それ、誰の紹介なの？」と尋ねてみる。

「お母さんの知り合い」

「職場の人？」

「ではない。昔ちょっとお世話になった人」

「ふぅん」そして今度はこう尋ねる。「相手の人は、何歳？」

「二十六歳。夏子の三つ上」

「どんな人？」

「公務員。区役所の職員さん。それを聞いて、お母さんもいいなと思ったの」

「安定してるから？」

「まあ、そうね、だって、ほら、夏子は仕事が仕事だし」

「公務員ではないけど、わたしだってれっきとした会社員だよ。個人タクシーじゃないし」

「ただ、不規則は不規則じゃない。片方はどっしりかまえてたほうがいいと思ったのよ」

「お父さんも、公務員だったしね」

「別れちゃったけどね」と母は屈託なく笑う。「でもそういう点ではよかったわよ。生活への不安はなかったもの。本人が何かまちがいを起こしでもしない限り、やめさせられることはないから」

両親が別れたあと。わたしは高校生になってようやく父のことを考えた。父は都立高の教師で、わたしも都立高の生徒。父はこんなところで先生をやってるのだな、と身近に感じられたからかもしれない。

離婚は父にとってマイナスにならなかったのだろうか。教師だって離婚はする。それがプラスに働くことはないだろう。生徒の保護者たちには、自分の家のこともできないのに人の子を見られるの？　なんて言われてしまうかもしれない。同僚の教師たちからだって、同じことを言われてしまうかもしれない。

「相手の人の写真とか、ないの？」と母に言う。

「ないけど。見たい？」

「見たいというか、普通、あるんじゃないの？　ドラマとかでもそうじゃない。まず見合写真を持ってきて、この人どう？　でしょ？」

「お見合って言っちゃったけど、それほどかっちりしたものではないのよ。あちらの親御さんも来られるとか、そういうことはないし。お母さんも行こうとは思ってない」

「何だ。そうなの？」

「そう。もっとくだけた感じよ。そのほうがいいでしょ？」

「いい。ってわたしが言うのも何だけど。じゃあ、何、いきなり二人で会うってこと?」

「そうなるわね」

「だったらマッチングアプリと変わらない気もするけど」

「でも、ほら、お相手は紹介者のお墨付きだから」

「そのお墨を付けてる人を知らないよ」

「それはいいじゃない。お母さんがその人を知ってるから充分。ある意味、お母さんのお墨付きでもあるわよ」

「お母さんはその公務員さんを知ってるの?」

「知らない。写真を見たいなら、送ってもらうわよ。そこは夏子がいいようにするけど。どうする?」

「何か、もうわたしが会うみたいになってない?」

「なってる。会いましょうよ」

このあたり、母はうまい。有能なセールスウーマンであることがよくわかる。自分で流れをつくりだしてしまう。相手に少しも不快な思いをさせずに、スルスルッとやってしまう。

例えば自分で結婚情報サービスの会社と契約したり、マッチングアプリに登録したりする気にはならない。あくまでも母のすすめがあったから。その形なら悪くない気がする。確かに安心だし、気楽だ。すすめられたから会う。そう思える。

「断らないということは、お見合をするということでいいのね？」と母が言い、

「まあ、いいよ」とわたしが言う。

「写真はどうする？」

「いらない」

「いらないの？」

「うん。写真を見て却下、は失礼だし。お母さんがその人の顔を知らないなら、わたしも知らなくていい」

で。

わたしはその人と東京で会った。東京も東京。ＪＲ東京駅。その、比較的人が少なめという、丸の内南口改札。

見合の相手と駅の改札で会うのもどうなのよ、と思ったが、一方では、見合っぽくなくてむしろいいか、とも思った。

相手の顔を知らないのにどうやって会えたのか。わたしの顔写真を母がスマホで送ってたのだ。

一番いい顔のにしといたから、と母は言ってたが、あとで、これ、と見せられたそれは微妙だった。母による修正もなし。逆に言えば、正確なわたしだ。

もちろん、相手の電話番号だけは聞いておいた。さすがにそれを知らなければ、本当に会えない可能性が出てくる。

相手を知らないというその状況は悪くなかった。まず、キョロキョロする必要がないのだ。どんな人が来るか、と楽しみに待つこともできた。わたしの写真を母が送ったあとに、今回の話はなしで、と相手に言われはしなかった。だからわたしは第一関門を突破してる。そのことで、心に余裕もあった。

待ち合わせは午後三時。その少し前に、相手はわたしをあっさり見つけた。改札を出てすぐ右、券売機のわきに立ってたわたしを。

「あの、高間さんですか?」

「はい」

「初めまして。森口です。すいません。お待たせして」

「わたしも今来たところです。わたしが先にいないとわけがわからないことになると思って、ちょっとだけ早く来ました」

「よかったです。ありがとうございます」

「いえ」

森口鈴央。その第一印象は、ややぽっちゃり。微ぽっちゃり。

「それで、えーと、どうしましょう。銀座辺りまで歩きますか? ここからなら近いみたいですし」

「じゃあ、そうしましょう」

「歩くのは、おいやじゃないですか？」

「いやじゃないです。東雲からお台場とか、よく歩きますし」

「それは、結構な距離、ですよね？」

「そうですね。歩くにしては長いかと」

「でもお台場の辺りも、一部は江東区なのか。広いんですよね、江東区。ぼくがいる文京区は狭いんですよ。二十三区のなかでも下から四番めとかじゃなかったかな」

「区役所は、どこにあるんですか？」

「地下鉄の後楽園駅のとこですね。東京ドームのすぐ近くです」

「あぁ」

春日（かすが）通りの辺りだろう。何度も走ったことがある。区役所はそんなに意識しなかった。

二人、銀座に向けて歩きだす。もちろん、横に並んで。

わたしが質問する。

「そういえば、一番狭い区って、どこですか？」

「台東区です。文京区の隣。浅草があるとこ」

「そうなんですか。ちょっと意外。上野も、そうですよね？」

「はい。まさにその二つの街が中心、なんですかね」

「じゃあ、一番広いのは？」

「大田区じゃなかったかな」

「世田谷区も広いですよね。あと、練馬区とかも」

「練馬はわからないですけど、世田谷は、確か二番です。大田区は、羽田空港があるのが大きいんでしょうね」

「あぁ。なるほど」

羽田空港。柳下治希を乗せていった場所だ。地図で見ると、確かに広い。大田区羽田空港、という住所もある。そこは、江東区東雲、よりずっと広いのだ。

「すごい。よく知ってますね、森口さん」

「たまたまです。区役所勤めなので、調べてみたことがあるんですよ。といっても、よその区に異動することはないんですけど」

「ないんですか？」

「基本的に、ないです。都庁に出向なんてことも稀にありますけど、まあ、ほぼないです」

「そうなんですね。てっきり、よその区に移ったりするんだと思ってました。都立高の教師みたいに」

「特別区の職員として採用されるので、ずっとそのままなんですよ。それはそれでよくない面もあるのかもしれませんけど、ぼくら職員にとってはいい面のほうが多いですね。まず、引っ越さなくていいですし。だったら区内に住もうと思いますよね。だから、ぼくも住んでるのは丸ノ内線の新大塚です。豊島区との境。本当にぎりぎりのとこですけど。例えば郵便局は豊島区のほうに行きますし」

「わたし、二十三区はどこも走りますけど、区の広さを意識したことはなかったです。どこが広くてどこが狭いとか、わたしのほうが知らなきゃダメですよね」

「普通、知りませんよ。ぼくもたまたま調べただけですし。広いとこと狭いとこぐらいしかわかりません」

そんなふうにして歩いたのが、結果的によかった。動いてるからだろうか、すんなり話すことができた。初めからカフェかどこかで待ち合わせをしてたら、こうはいかなかっただろう。

今日は土曜。鈴央の休日に合わせた。わたしも休みになる土曜を選んだのだ。明け休みも含めて四連休、その二日め。明日もあさっても休み。かなり気は楽だ。

土曜だから、銀座の中央通りは歩行者天国になってる。しばしブラついてからそこを離れ、カフェに入った。前を通りかかった店だ。

銀座のカフェ。コーヒーが千円。メニューを見て、おぉっ！　と鈴央が言った。だからわたしも、高っ！　と言えた。

でも出てきたコーヒーはおいしかった。

「おいしい、ですよね？」と鈴央が言い、

「ですね」とわたしも言った。

「何でしょう。高いからおいしく感じちゃうんですかね」

「それはあるかも」

「もしくは銀座だからとか」

「それもあるかも」

「これじゃあ、値段に文句は言えても、味に文句は言えないですね」

「言えないです」

「まあ、値段に文句も言わないですけど」

「言わないんですか？　一杯千円ですよ」

「言いたいけどぼくはクレーマーの類ではないので言わない、というような意味です」

「あぁ。だったらわたしも同じです」

そんなことを話した。見合でする話か、と思いつつ。

歩いてた三十分ですんなり話せたから、ここでもすんなり話せた。知らない者同士、話題を無理に探すようなこともなかった。一応は見合なのだから何でも訊けばいい。話せばいい。そんなふうに、いい意味で開き直れた。

実際、わたしはこんなことまで訊いた。

「公務員さんは、公務員さん同士で結婚するんじゃないんですか？」

見事なバカ質問。自分でもちょっと呆れた。

「そうする人も、もちろん、いますけど。ぼくはそうじゃないほうがいいですね。自分の仕事を知られてるのはいやだとかそういうことではなくて。まったくちがう人と一緒のほうが楽しいかなと。だから、高間さんがタクシードライバーだと聞いたとき、何かいいな、と思ったんですよ。ぼくにはないものを持ってる人なんだろうなって。それで、会ってみたくなりました。実際に会えてよかったです。思ってたとおり、というわけでもなくて、新鮮な驚きもありました」

「それは、どういう」

「えーと、何でしょう、もっとチャキチャキした人かと思ってました」

「チャキチャキ」

「はい」

「お祭りのときにお神輿をかつぐ、みたいな感じですか？」

「いや、そういうわけでは」と鈴央は笑った。「でも、まあ、それに近いのかもしれません。かつがないよりはかつぐほう、でしょうか」

「わたし、かついだことありませんよ、お神輿」

「それは、お会いして思いました。想像してたよりずっと普通の人だって。あ、いえ、普通の人っていうのは言葉がよくないですけど。いかにもタクシードライバーさんという感じではないなと」

「わたし、思いっきり普通の人ですよ。自分でもいやになるぐらい普通です。母は、ちょっと変わってますけど」

「変わって、るんですか？」

「はい。何ていうか、ほわ〜んとして、宇宙人みたいな感じです。ほわ〜んとしてるのにいきなりお見合の話を持ってきて娘を驚かせます。ホワン星人です」

「まだお会いして二時間も経たないのにこんなことを言うのも何ですけど。ちょっとわかりますよ。高間さんはそのお母さんの娘さんなんだなっていう気はします」

「え？　わたしも星人ですか？」

「星人かどうかはわかりませんけど。血は引いていらっしゃるのかなと」

「初めて言われました。ショックです」

「すいません」

「冗談です。初めて言われましたけど、ショックではないです。ちっとも」

ショックではない。父に似てると言われるよりはずっといい。硬い人よりは、やわらかい人でいたい。

で、森口鈴央。二十六歳。微ぽっちゃりの公務員。

初見合にして。

予想外に、好印象。

「見合をしちゃいましたよ」とわたしは水音(みずね)さんに言う。

そしてその経緯を話す。

母がいきなり見合話を持ってきたこと。初めはするつもりなどなかったのに、母と話してるうちに、まあ、いいか、と思ってしまったこと。実際に鈴央と会ったこと。思いのほか気が合ったこと。見合という畏(かしこ)まった感じではちっともなかったこと。銀座のカフェで話したあと、そのまま飲みにも行ったこと。また会う約束をしたこと。今はＬＩＮＥでやりとりをしてること。

「お見合かぁ。すごいね」と水音さんは言う。「気が合ったならよかったじゃない」

「自分でもまさかでした。初めて会った人と気が合うとか、そういうの、これまでなかったから」

「それがお見合パワーなのかもね。これはお見合だっていう意識が、夏子ちゃんにもその森口さんにもあったんでしょ。無理に気に入られようとはしなくても、おかしなことにならないよう気をつけはするもんね」

「そうでした。確かに」

「じゃあ、何、夏子ちゃん、結婚するの？」

「いえ、そこまでは」

「そういう話はしなかったわけ？」

「はい。それはまったく。あちらもしなかったですし。わたしも、わざわざそんな話はしなくていいかと思いました」

「でもまた会うわけだ」

「はい」

「おめでとう」

「早いですよ」

「その意思はあるってことでしょ？」

「うーん。それもまだ」

水音さんと二人、テラスにいる。そこのテーブル席に座ってる。

この東雲営業所にはテラスがあるのだ。社食の隣の休憩所、その外。テーブルがいくつか置かれ、自由に休めるようになってる。海が見えたりはしないが、地上六階で見晴らしはいい。十一月下旬でも、陽が出てればその暖かさを感じられる。

ついさっき、営業時間ギリの午後二時前に社食で昼ご飯を食べた。そしてテラスを覗いたら水音さんがいたので、同じテーブル席に着いた。

石坂水音さん。わたしよりちょうどひとまわり上の三十五歳。シングルマザーだ。結婚してたときは、釘宮さん。小学六年生の娘さんがいる。水音さんの音をもらった愛音ちゃん。あいね、と読む。


　水音さんは、愛音ちゃんが小学校に上がる前に夫と別れた。タクシードライバーになったのは五年前。一人で愛音ちゃんを育てることになり、決断した。

一人といっても、近くに親御さんがいるので、愛音ちゃんを見てもらうことができた。

だからやってこられたのだと水音さんは言う。

タクシードライバーを選んだのは、単純にお金を稼ぎたかったから。日勤でなく隔日勤を選んだのも同じ理由。女性でも男性と同じように稼げるのが魅力と感じたのだそうだ。学歴も経験も不問というのも大きかった。水音さんは高校を中退してるのだ。


　無駄づかいをしないよう、昼ご飯も夜ご飯も社食でとることが多い。どうしてもその営業時間中に戻れないときは、スーパーでおにぎりを買って車内で食べるという。外食はしないし、おにぎりもコンビニでは買わない。

　百円セールのときならよくないですか？　そう言ったら、こう言われた。だって、スーパーなら七十八円ぐらいで買えるもの。徹底してるのだ、水音さんは。母親はちがうな、と感心する。

「水音さんは、今のわたしの歳で愛音ちゃんを産んでるんですよね？」

「そう。二十三のとき」

「早くに産んでよかったと思いますか？」

「そのあとの離婚のことまでは想定してなかったけど。産むことだけに関して言えば、よかったかな」

「わたしの母もそう言ってました。歳をとってからよりは若いときに産んだほうがいいって」

「それはそうでしょうね。歳をとってからじゃ大変だと思う。経済的な余裕はあるかもしれないけど、体力的な意味で大変。五十近くで、あちこち走りまわる子どもの相手をするのはキツいでしょ。子育ては若くても大変だから。わたし自身、今からもう一人産めって言われたら、ちょっと考えちゃうもんね。いやとは言わないけど、考えはしちゃう」

「いやとは言わないんですか」

「うん。子育ては大変だけど、楽しいこともあるし。もう一回やりたいなっていう気持ちもちょっとある。現実的には厳しいけどね。わたしが産むってことは、愛音に、父親がちがう歳の離れた弟か妹ができるってことだから」

「そうか。そうですよね」

「ただでさえ、愛音、今ちょっと難しくなってるし」

「難しく、なってるんですか？」

「ほら、今、六年生でしょ？　去年ぐらいから、どんどんそうなってきちゃって」

「女子はそのあたりから速いですもんね、成長が」

「こないだも、何でお母さんはタクシーなの？　って、おばあちゃんに言ったみたいで。おばあちゃんていうのは、わたしのお母さんね」

「はい」

「学校で男の子たちにわたしの仕事のことでちょっとからかわれたらしいのね。母親がタクシードライバーの子って、そんなにはいないから」

「それは、いやですね。許さん。バカ男子」

「わたしは親がいるからたすかってるけど、それでも一人は大変。夏子ちゃんも、別れない相手を選んだほうがいいわよ。その森口さんとのことも、慎重にはなったほうがいい。といっても、みんな慎重に考えるし、考えた結果、だいじょうぶだと判断して結婚するんだけど」

「わたしも、親が別れてますよ」

「あぁ。そうだったね。それは、夏子ちゃんが何歳のとき？」

「十二歳ですね」

「今の愛音と同じだ」

「はい」

「そのころの夏子ちゃんは、難しかった？」

「どうなんでしょう。父親に対しては、難しかったかも。いや。難しくなる直前に別れた感じですかね。別れてからは、年に何度かしか会ってないです。今はもう定期的に会うことはないですし。わたしの両親は、離婚してよかったんだと思います。子どものわたしから見ても、合わなかったので」

「そっか。わたしたちは、合ってたんだけどね。たぶん、愛音から見ても。向こうも、わたしと合うと思ってはいたはず。でもしちゃったのね、浮気を」

「あぁ」

「二度」

「あぁ」

「その二度めで、アウト」

「そうなりますよね、二度は」

「一度めと二度めは質がちがうからね。二度めはもう、悪いとわかってやってるわけだし。言い逃れはできないよ。どう言い訳されても、言葉は耳に入ってこない」

「愛音ちゃん、お父さんとは会ってるんですか？」

「年に二度」

「会うんですね」

「会いたいという感じでもないけど、会いたくないとは言わないから」

「離婚の原因は、知ってるんですか？」

「知ってる。小さいころとはいえ、ケンカしてるとこも見せちゃったし。そのうちちゃんと話そうと思ってるけど、愛音が難しくなって、それどころではなくなっちゃった。しばらくは無理かな。これから何年かは大変そう」

「中学生、ですもんね」

「うん。自分も経験があるからわかる。その時期って、ほんと、親が嫌いになるのよね。わたしなんて、父親も母親も嫌いだった。もう、病気みたいなもの。自分でもどうしようもないっていう。でも、ほら、最近の子たちはそうでもないじゃない。お母さんと友だちみたいに仲がよかったりとか。わたしもああなりたいけど、無理っぽい。だからね、隔日勤から日勤に替わることも考えてるの」

「今からですか？」

「うん。一緒に過ごせる時間を少しでも増やそうと思って。小さくて手のかかる時期を自分の親に押しつけて今さらなんてズルいけど。でもそのツケがまわってきたのかなとも、ちょっと思う。日勤だと収入は減っちゃうけど、そこは我慢するしかないかな。さらに倹約倹約で」

人それぞれに事情がある。みんな、大変なのだ。わたしなんて楽なほうだろう。いやぁ、夜働くから大変大変、なんて言ってればいいのだから。人は大変アピールをしてるうちはまだ余裕がある、ということかもしれない。

水音さんとはシフトが同じなので、入社後あれこれ教えてもらった。会社の人たちは、班長の大村さんを始め、みんな親切だ。新卒女子。正直、煙たがられることもあるだろうと覚悟してた。でもそんなことはなかった。

たくさんいる同僚。名前を知らない人のほうが圧倒的に多い。

会社が新卒をたくさんとるようになったのはここ数年。タクシードライバーはほとんどが中途採用者だ。

会社で事務をやってたとか、トラックを運転してたとか。自衛隊にいたとか、飲食店を経営してたとか。様々な経歴の人がいる。

離婚してる人もいる。わたしが知ってるだけで三人いる。水音さんのほか、飯尾頼昌さんも菊田つぐ美さんも離婚してる。

そういえば、あの人はどうなのか。コワモテの道上剛造さん。そもそも結婚をしてるのか。コワモテの子どもがいたりするのか。そのあたりのことは何も知らない。

知ってるのは、元スジ者ではないかという噂があることのみ。肩に入れ墨を消した痕のようなものがある。そんな噂さえ耳にした。さすがにそれはないと思う。まず、元スジ者なら、会社が雇わないような気がする。それとも。はっきりと元なら雇うのか。

とにかく、いろいろな人がいる。年齢層も幅広い。特に上に広い。

タクシードライバーは長くできる仕事だ。七十代の人もたくさんいる。全タクシードライバーの平均年齢は六十歳を超えるという。不安定なように見えて実は安定した仕事だとも言えるのだ。

ほとんどのタクシー会社が選択定年制をとってる。東央タクシーの場合、定年は六十歳だが、六十五歳までは延長が可能。その後も、健康や運転技術に問題がなければ、一年ごとに契約できる。自分次第で、三十代四十代と同じように稼ぐことができるのだ。

実際、先月六十五歳で定年を迎えた鍵谷喜作(かぎたにきさく)さんも、前と変わらない感じで乗ってる。社食でよく声をかけてくれる吉本達代(よしもとたつよ)さんも、定年を六十五歳に延長したらしい。

わたしはそこまで先のことを考えて入社したわけではない。が、入ってみて、これはいいな、と思った。すでに二種免許は持ってる。働く気があるなら、七十代でも働けるのだ。

だったら離婚してもだいじょうぶ。と、そんなことさえ思う。もちろん、したくはないけど。

# 十二月の五反田

　その女性は五反田で乗せた。午前一時すぎ。日比谷から五反田まで乗せたお客さんを降ろしてすぐに声をかけられたのだ。

　かなりツイてた。五反田駅の近くで車を停めてお金をもらい、お客さんを降ろした。そしてドアを閉めようとしたところで、言われた。

「いいですか？」

「はい。どうぞ」

　まさにベスト。まったく無駄のないつながりだ。ここまできれいなのは初めて。

　女性は車に乗りこみ、助手席の後ろに座る。二十代後半。一言で言えば、美人。

「どちらまで」

「えーと、東神奈川。とりあえず、駅で」

　東神奈川。横浜の一つ前だ。

「首都高速の羽田線に入って、横羽線で東神奈川まで、というルートでいいですか？

有料道路をつかうことになりますが」

「いいです。おまかせします」

「ではそれで。シートベルトをお願いします」

「あ、はい」

お客さんがシートベルトを締める。

出発。まずはソニー通りを走り、第一京浜へ向かう。

「よかった。乗場で列に並ぶのはツラいなぁ、と思ってたんですよ。そしたらすぐ近くにこの車が停まって。お客さんが降りるみたいだから待ってみようと。見たら運転手さんも女性で。それもラッキーでした」そしてお客さんは言う。「いるんですね。こんなに若い人」

「増えてると思います」

「訊いてもいいですか？　歳」

「二十三です」

「その歳でもうなれるんだ？　運転手さんに」

「はい。普通免許をとって三年経てば二種免許をとれますので」

「じゃあ、早ければ二十一から？」

「そうですね」

「運転手さんも、そう？」

「いえ。わたしは今年からです」

「それまでは？」

「学生でした」

「じゃあ、大学を出て、タクシー？」

「はい」

「今はそうなんだ。大卒の人たちもいるんだね。みんな、最初は運転手さんをやるの？」

「いえ、そういうことではなく。総合職採用の人もいます。わたしはドライバー採用でした。だからずっとそのままいくと思います。そのつもりで入ったので」

今のところは、本当にそのつもりでいる。

職種変更も、やろうと思えばできる。実際にそうした先輩社員も何人かいる。二十代で新卒採用をまかされたりしてる。若い人をとるには若い社員が必要、という考えが会社にあるのだ。

希望者は三ヵ月ほど内勤を経験し、その後、職種変更をする。もちろん、全員の希望が通るわけではない。選抜はされる。

わたしの同期霜島菜由は、早くも職種変更を考えてる。わたし同様、運転が好きでドライバーになったが、このままいくのは難しいと感じたようだ。キツいお客さんに何度も当たり、いやになったらしい。わからないではない。こんなことを言ってはいけないが、確かにキツいお客さんもいるから。キツい人は本当にキツいから。

どんな商売でもそうだろう。こっちは客だぞ、となってしまう人は必ずいる。自分も普段は接客する側なのにお客の側にまわるとそうなってしまう人もいる。いつもは我慢してるから自分がお客になったときはせめて、ということなのかもしれないが。それはちょっといやだな、と思う。

勝島から首都高速1号羽田線に入る。一気に速度を上げる。

走りが落ちついたところで、お客さんが言う。

「就活は、普通にするわけでしょ?」

「しましたね」

「初めから、タクシー業界?」

「わたしはそうでした」

「車が好きだとか?」

「車がというよりは、運転が、ですね。あの車に乗りたいとかこの車に乗りたいとか、そういうのはないです」

「運転かぁ。女でそれは、やっぱり珍しいよね?」

「そう、なんですかね」

「運転が好きな人は結構いるだろうけど、仕事にしようとはなかなか思わないでしょ。夜は、キツくない？」

「ある程度は慣れますよ」

「ある程度、か。わたしも運転は嫌いじゃないけど、仕事にする自信はないなぁ」

「わたしも自信はなかったですよ」

「でも選んだんだ？」

「はい」

「ほかに何か理由があるの？」

「うーん。そうですねぇ」

別に言うことでもないよなぁ、と思いつつ、言う。

「大学生のときに、女性が夜遅くにストーカーに襲われたっていうニュースを見たんですよ」

「あぁ。いやな話」

「はい。その人は自分が狙われてることを知ってて、警戒もしてたらしいんですよね。だから駅からタクシーに乗って帰ったんですけど。自宅の手前で降りてしまって」

「どうして？」

「ドライバーに自宅を知られたくないから、ですね」

「その運転手さんもあやしい人だったとか？」

「いえ。単純に男性だったからだと思います」

「そうかぁ。考えたら、わたしもそうしてるわ。家を知られるのは、何となくいやだもんね。タクシーに乗ってて、バックミラーで運転手さんと目が合ったりすると、一瞬ひやっとするし」

そこはちゃんと説明する。ドライバーを擁護する。

「それは、たぶん、本当に後方確認をしてるだけなんですけどね。でもわかります。チラッと見られると、余計にそう感じますもんね」

「警戒しちゃうよね」

「しちゃいます」

高速大師橋で、首都高速1号羽田線は首都高速神奈川1号横羽線に接続する。そこからは川崎市。神奈川県だ。

「で、何、その人はタクシーを降りて、どうなったの？」

「自宅まで歩く途中で襲われたみたいです」

「亡くなったとか？」

「いえ、そこまでは。でもケガはしたみたいです。ナイフで切りつけられたとかで」

「うわぁ。いやだ、いやだ」

「まあ、タクシーで自宅の前まで行ってればだいじょうぶだったとは言いきれないですけど」

「そんな感じなら、その日ではなくても、いずれそうなってたかもしれないしね」

「はい」

「それで、運転手さんは？　ニュースを見て、どうしたの？」

「女性ドライバーがもっとたくさんいればいいと思ったんですよ。女性ドライバーの車なら、女性のお客さんが自宅の手前で降りようとはしないでしょうし」

「そういうことか。何、それでタクシードライバーになろうと思ったわけ？」

「はい。それだけでということではないですけど、きっかけはそれかもしれません。だったらわたしがドライバーになればいいんだ、と思っちゃって」

「すごいね」

「すごくないです。むしろ単純で、恥ずかしいです」

「恥ずかしいことないじゃない。ほんとにすごいよ。わたし、ちょっと感動した。だって、普通、できないもん。それで自分がドライバーになろうなんて、思えないよ」

「大してやりたいことがなかったから思えたのかも」

「ちがうでしょ。運転手さんはそう思える人なんだよ。やりたいことがほかにあってもそう思える人なの」

「いえ、そんな。運転が好きだっていうのも、もちろん、大きいですし。何か、すいません。大げさなことを言っちゃいました」

「ううん。いい話を聞いた。あ、女性の運転手さんだ、この車でよかった、と思った人はたくさんいるはずだよ。いちいち言わないかもしれないけど、絶対そう。まず、わたしがそうだし。雇う側のタクシー会社さんも大喜びでしょ。ドライバーは全員女性でもいいと思ってるくらいなんじゃない？　女性ドライバーだからいやだっていう男性客もいないだろうし」

「でも、女性ドライバーだと不安だというお客さんはいらっしゃるかもしれません」

「不安。どうして？」

「運転技術なんかの面で」

「あぁ。そんなの、変わるわけないじゃない。ちゃんとそのための免許を持ってるんだし。不安になるとしたら、それは現状、男性の運転手さんのほうが圧倒的に多いからでしょ。男性の運転手さんに慣れてるっていうだけ」

　東神奈川の出口で首都高速神奈川1号横羽線から下りる。

　第一京浜を渡ってトンネルをくぐり、駅の向こうへ出る。そこからはお客さんの細かな指示どおりに進む。

五分ほど走ったところで言われる。

「そこ左に入って、停めて」

「はい」

左に入り、停まる。小さなマンションの前だ。

わたしの家同様、マンションともアパートとも言えそうな建物。色はベージュ。いや、アイボリーとか言うのか。何ともこぎれい。いいな、と思う。こんなとこなら一人で住むのも悪くない。

「お待たせしました」と言い、料金を告げる。

首都高代を加えた金額だ。一万三千円弱。

女性がバッグから財布を出す。なかを見て、言う。

「あ、足りない」

長距離の場合はよくあること。あせらずにこう返す。

「カードでもだいじょうぶですよ」

「今持ってないのよ。こっちの財布には入れてないの」

ここでちょっとあせる。コンビニかな、と思う。一緒にコンビニに行き、ＡＴＭでお金を下ろしてもらうのだ。これまで一度だけそうしたことがある。もちろん、コンビニまで乗せる料金も払ってもらった。

でもクレジットカードを持ってないとなると、キャッシュカードも同じかもしれない。だったら、クレジットカードを持ってきてもらうべきか。

そう考えてると、お客さんが言う。

「あ、でも部屋に現金がある。通販の払い込みにあてようと思ってたの。それをとってくるから、ちょっと待っててもらっていい？　すぐ。二分で戻る」

「はい」と言いつつ、さらに考える。

こんなときは、何かを預からなければならない。例えば身分証とかスマホとかを。そうしなければ、逃げられてしまうおそれがあるのだ。

身分証かスマホを置いていってください、と実際に言ったことはない。そのコンビニのときは、初めからお客さんがこう言った。コンビニでお金下ろして払うから、行ってくれる？

お客さんがシートベルトを外す。

どうしよう、と思う。疑ってるみたいで、言いづらい。ここへ来るまでにいろいろな話をした。これまでで一番話が弾んだとさえ言えるかもしれない。そんなお客さんに対して。身分証かスマホを置いていってください。言えない。

「ごめん。ほんと、すぐ戻るから」

「はい」

ドアを開け、言ってしまう。

「ではお願いします」

「待っててね」

お客さんは車から降り、小走りに建物へ向かう。

わたしは助手席の側に身を寄せて、そちらの窓から様子を見る。

エントランスホールがあるわけではない。お客さんは、手前の階段を二階へ上っていく。三階建てだが、二階で通路を曲がったことがわかる。

想像する。

玄関のドアを開けて。靴を脱いで。なかに入って。お金をとって。靴を履いて。玄関のドアを閉めて。階段を下りて。

二分では厳しいかもしれない。でも三分あれば、戻ってこられるだろう。わたしから通路は見えないが、階段は見える。下りてくればわかる。

お客さんはちゃんとマンションの前まで乗ってくれたな、と思い、ちょっと笑う。女性ドライバーのわたしを警戒しなかったわけだ。あんな話を聞いたからだとしても、それはうれしい。

一分が過ぎ、二分が過ぎる。

やはり二分では無理か、と思う。

そしてもう一分、計三分が過ぎる。

三分でも無理か、と思う。

「二分、だよね?」と独り言も出る。

あるはずのお金がなかったのかもしれない。しまい場所を勘ちがいしてたのかもしれない。そう思う。思おうとする。思おうとするということは、すでに疑ってるということだ。

そのまま五分が過ぎる。

お客さんに酔った感じはなかったが、この時間だから、お酒を飲んではいただろう。もしかしたら倒れてるのかも。玄関のドアを開けたところで安心してバタンといったとか。

まだそう思おうとする。自分でも呆れる。いや、もう完全に疑ってるでしょ。疑うべきでしょ。

わたしは車から降りて道路に立ち、建物を見上げる。

十二月の中旬。午前二時すぎ。寒い。

住宅地。辺りは静かだ。足音のようなものも聞こえない。あのお客さんのそれが聞こえてこなければおかしいのに。

意を決し、足音を潜めて階段を上っていく。そして二階の通路に出る。

暗くはない。各室、玄関のわきに外灯が付けられてるので、ほの明るい。向こうの端まで誰もいない。物音もしない。

わたしはさらに足音を潜めてその通路を歩く。部屋は四室。どれも二間だろう。ワンルームなら、ドアとドアがもっと近い。

端まで行って、あっと思う。やられた、と確信する。

そちら側にも階段があるのだ。裏の細い道からも上がってこられるように。

お客さんは、部屋に入るふりをしてこちらから下りていったのだろう。タクシー代を踏み倒して逃げてしまったのだろう。

わたしは素早く階段を下り、その道に出る。本当に細い道だ。車では通りたくない。実際、車はほとんど通らないだろう。歩行者のための道だ。街灯は先にあるので、かなり暗い。ストーカーに待ち伏せされたらたまらない。人が不意に姿を現しただけで、悲鳴を上げてしまうかもしれない。

人はいない。お客さんもいない。階段を下りたのだとしたら、もういるわけない。

わたしは階段を上り、二階へ戻る。そしてふと思いつき、三階へ行ってみる。わたしが二階だと勝手に勘ちがいした可能性もあるから。

三階の通路を見る。やはり誰もいない。物音もしない。

二階へ下りる。通路をゆっくりと歩き、ドアの一つ一つを見る。こちら側に窓はないので、なかの明かりが洩れたりはしてない。

通路の端まで行き、もと来た階段を下りる。

ひょっとしたら、わたしが向こうの道を見てるあいだにお客さんが部屋から出てきて車のところへ行ったかも。

そんな期待はあっさり打ち砕かれる。いや、もう期待などしてない。お客さんがそこにいないことを、一応、確認しただけ。

参った。駕籠抜けだ。

お金をとってくると言い、そのまま逃げてしまう。古い手口。知ってたのに、引っかかってしまった。

警戒してなかったわけではない。頭の隅にはあった。だいじょうぶだろう、と思ってしまった。お客さんを信用できる理由は何一つないのに。せめてついていくべきだった。何も預からないなら、同行するべきだった。

「あぁ」とわたしは言う。「うそでしょ?」

車のわきにしゃがみ込む。

高砂北公園のわきで吐いた男性客を思いだす。

あの人は、立ってられなかった。あれとはまたちがう感じで、わたしも立ってられない。大事な試合で負けたサッカー選手の心境。手を差しのべてくれる同じチームの選手はいない。手を差しのべてくれる相手チームの選手もいない。

考える。

お客さんはいつからこうしようと思ってたのか。初めからなのか。それとも、途中で思いついたのか。まさか、お金が足りないと気づいた瞬間に思いついた、なんてことはないだろう。

そう。それはない。あるわけない。だって、マンションの前まで来てるのだから。そのときはもうすでにやるつもりでいたということだ。

やっぱり、初めからそのつもりだったのだろう。絶対にやる、ではなかったかもしれないが、うまくいきそうならやる、くらいの感じではあったのだ。

そこへ、若い女性ドライバーが現れた。わたしだ。

これはいい、と思っただろう。そしてわたしが前のお客さんを降ろすのを待って、声をかけた。大喜びのわたしを見て、お客さん自身、喜んだだろう。カモ発見！ と。

あれこれ話したのも、わたしを安心させるためだったにちがいない。わたしはまさに安心した。まんまと乗せられ、自分からベラベラしゃべってしまった。タクシードライバーになるきっかけまで明かし、女性として女性を守りたいのだ、みたいなことを抜けと言った。すごいとおだてられ、喜んでしまった。女性に認めてもらえてうれしい。そんなことまで思ってしまった。

女性にだまされた。女性に利用された。一番ショックなのはそれだ。わたしが守るはずの女性にやられてしまったこと。

甘かった。結局、わたしは青臭いことを言ってただけ。女性女性言いたかっただけなのだ。女性にもいやな人はいることを忘れてた。そんなのは学生時代から、それこそ小学生時代から知ってたことなのに。

それでもなお、わたしは考える。

でもやっぱりお客さんが部屋のなかで倒れてる可能性もあるよなぁ。倒れたのではなくても、ちょっとソファに座ってそのまま眠ってしまった可能性もあるよなぁ。

本当にそうだとしても、それを確かめる術はない。午前二時すぎ。インタホンのチャイムは鳴らせない。しかも、四室すべてのチャイムを鳴らさなければいけないのだ。無理無理。

「あぁ。うそじゃないのか」と言って、わたしは立ち上がる。

そして最後の確認のためにもう一度階段を上り、二階の通路を見る。

異状なし。いや、異状はありありなのだが、なし。

車に戻り、運転席に座る。

ふうぅぅっと息を吐く。

無線機の通話用ハンドマイクを見る。

報告しなきゃダメだよな、と思う。せずに自分でお金を出してしまおうか、とも思う。一万三千円ぐらいなら安いものかもしれない。授業料を払ったと思えばいいのだ。

できれば、会社の人たちには知られたくない。新人が見事にしてやられた、と言われたくない。新人だからいいようにも思えるが、新人だからこそ言われたくない。特に同期には知られたくない。下に見られたくない。今なら響吾の気持ちが少しわかる。

でも、とそこで思い直す。あのお客さんはそこまで見越してたのかもしれない。その程度の被害額ならわたしが報告せずに自分で出すのではないかと。わざわざ事件にすることはないのではないかと。

「ダメでしょ」とわたしは言う。

それはダメ。一番やっちゃいけないことだ。いいのは今日明日だけ。絶対に後悔する。あとあとまで引きずってしまう。

女性客だからといって安心してはいけない。それをほかのドライバーさんたちに伝える義務が、わたしにはあるのだ。皆さん、そんなことは重々承知のはずだけど。

東神奈川のこの場所にいるのは説明するまでもない。それはGPSでわかるはず。わたしは今あったことを簡潔に伝えるだけでいい。

というわけで、ハンドマイクに手を伸ばす。

ドライバーになって初めて迎えた師走(しわす)。一万三千円のマイナス。せっかくの稼ぎどきなのに。

カレシができた。森口鈴央だ。

自然とそうなった。いや、自然となるわけない。告白はされた。付き合ってください、とすんなり言われ、すんなりオーケーした。カレシ誕生。

本当にすんなりだった。見合という前提があるから、鈴央もかまえなかったし、わたしもかまえなかった。うまくいったからではあるだろうが、案外いい制度かもな、と思った。

響吾以来のカレシ。一年四ヵ月ぶり。長いのか短いのかわからない。妥当、という気がする。

ただ、驚きはした。入社一年めでカレシができるとは思ってなかったのだ。研修を受けて。二種免許をとって。ドライバーデビューして。色恋に気が向くはずがない。実際、気は向かなかった。が、なるようになるものだ。まさに縁。

東京駅丸の内南口改札で初めて会ったあの日。銀座のカフェで話したあとは沖縄料理店に行った。韓国か沖縄か迷っての沖縄だ。どちらがいいですか？　と鈴央に訊かれ、沖縄を選んだ。

「韓国か沖縄かって、何か新婚旅行みたいですね」と鈴央は笑い、直後にあわてて言った。「あ、いえ、別に変な意味ではないですよ」

見合だから結婚を連想させようとしたととられる。そう思ったのだろう。

「別に変な意味だとは思わないですよ」とわたしも笑った。

で、思った。新婚旅行だとしても、わたしはやっぱり沖縄かな。

その沖縄料理店で、付き合うだの何だのの話は出なかった。見合とはいえ、さすがに初対面。会っただけ。話しただけだ。

で、その次。前回選ばなかった韓国料理店に行ったときに、出た。双方が大好きであることが判明したチャプチェを食べてるときに、鈴央が言ったのだ。

「あの、一応、見合ということでお会いしたので、こういう話をしないのはむしろ変かと思いますので、というか、夏子さんに失礼かと思いますので、言います」

一つの文に、ので、が三つも入った。と思いながら、わたしはうなずいた。

「付き合ってください」

前置は長かったが、交際要請そのものはシンプル。とてもよかった。

韓国料理店によくあるあの銀色の箸でチャプチェをつまみながらわたしは言った。この上なくシンプルに。

「はい」

「よかったぁ～」と鈴央は語尾を長く伸ばして言った。「断られたらどうしようかと思いました」

「今会ってることが答みたいなものじゃないですか」とわたしは言った。「そうする意思がなかったら来ませんよ」

「あぁ、そうなんですね。そうは考えませんでした。ぼくがこれを言う前に、ごめんなさい、と夏子さんに言われる可能性もあると思ってました」

「わざわざ会って言うんですか？　わたしが」

「はい。ＬＩＮＥなんかでそういうことを言うのは相手に失礼だとお考えになるだろうと」

つまり、鈴央自身がそう考えるということだ。そのあたりでも、鈴央株は上がった。いい加減なことはしない人。そんなふうに思えた。

その日、東雲の自宅に帰ると、わたしは密(ひそ)かにあることをした。柳下治希の名刺を処分したのだ。シュレッダーのような気の利いたものはないから、はさみで千切りにして捨てた。母にもごみ収集業者にもわからないようにして。

そして今日。十二月二十四日、クリスマスイヴ。わたしは鈴央とデートをする。初のイヴデートだ。

平日も平日。ただの火曜日だが、わたしがうまく明け休みになったことでそうなった。

明日もあさっても休みだから、今回も気楽。鈴央も、二十八日の土曜からは年末年始休みだから、少し気楽。

シフトは一ヵ月前からわかってるので、この時期はいつが休みかもわかってた。鈴央に伝えてもいた。LINEの通話で訊かれた。

「じゃあ、クリスマスイヴはどうですか？」

「だいじょうぶです」

「何が食べたいですか？」

「何でもいいです。と、そう言われるのが一番困りますよね。でもわたし、ほんとに何でもいいです。フレンチとかじゃなくていいですよ。というか、そうじゃないほうがいいかも。フレンチとかだとお店も混んでそうだし、周りはカップルだらけだろうし。まあ、わたしたちも、一応、カップルですけど。同じ感じの人たちばかりって、何か気持ち悪いから」

「気持ち悪い、ですか？」

「気持ち悪くはないですけど。居心地がよくもないというか何というか。わたしはどうも」

苦手です、と言うほどではないが、得意ではない。似た者同士が集まって閉じた感じになるのがいやなのかもしれない。と、こんなことを言ってるわたし。結構めんどくさいやつなのか。

「そう言ってくれてよかったです。実はまさにそのフレンチを考えてたんですよ。といっても、ぼく自身、食べ慣れてるわけでも何でもなくて。クリスマスに女性と行くならやっぱりフレンチかなとか、そんなふうに思っちゃって。フレンチのことなんてほぼ何も知らないんですけど」

「わたしもです。フレンチって聞くと、今でもポテトチップスのフレンチサラダが頭に浮かびますよ」

「ぼくもあれ、好きです。コンソメパンチよりはフレンチサラダですね。小学生ぐらいだったかな。初めて食べたときに、これ、うまいなぁ、と衝撃を受けました。その前に食べたコンソメパンチでも衝撃は受けてるんですけど、超えてきました」

「小学生でそれはなかなかですね。しかも男子はコンソメパンチ派が多いのに」

「そうでしたね。でもぼくはフレンチサラダ派でしたよ」

「わたしもフレンチサラダが一番好きです。のりしおと競ります。僅差で一位です」

「あぁ。のりしおもいいですね」

「和と洋、どっちだよって話ですけどね。ウチの母は、僅差でのりしおが一位なんですよ。だからたまにお酒のつまみとして買うときに悩みます。前回はフレンチサラダにしたから今回はのりしお。いや、でもやっぱフレンチ！　みたいに」

「お母さんとお酒を飲むんですか?」

「はい。休みが合ったときだけですけど」

「それは、いいですね」

「と、こういう話は会ったときにすればいいんですよね。今じゃなく」

「確かに」

で、結局、フレンチ以外の何になったかと言うと。焼鳥になった。クリスマスイヴ焼鳥デート、だ。

「クリスマスだから、鶏のモモとはいかないまでも、チキンぐらいは食べましょうか」と鈴央が言い、

「じゃあ、焼鳥は?」とわたしが言った。

「焼鳥、でいいんですか?」

「はい。焼鳥大好き。焼鳥も、一応、チキンですよね?」

「そう、ですね。じゃあ、焼鳥にしますか」

「しましょう」

ということで、二人、焼鳥の店にいる。

今日も銀座は銀座だが、高い店ではない。焼鳥というよりは串焼きの店。メニューには焼きとんもある。

チキンを食べるはずが、試しにハラミ串を頼んでみたらすごくおいしかったので、焼きとんばかり食べてる。今日はクリスマスイヴということで、カロリー無視デーに認定。脂フルな豚バラ串もいってしまった。

店はそれなりに混んでる。クリスマスイヴだからではなく、単に年末だからだろう。鈴央が予約しておいてくれたので、わたしたちは二人なのにテーブル席をつかえた。ビールで乾杯し、わたしは二杯めから生グレープフルーツサワーに、鈴央はハイボールに切り替えた。

「今年って、昨日は休みじゃなかったんですね」とそのハイボールを飲みながら鈴央が言う。

「昨日。あぁ、二十三日」

「はい。去年までの天皇誕生日」

「天皇が替わっちゃいましたもんね。誕生日も、替わっちゃうのか」

「でもこのところ、何らかの祝日として残す感じだったじゃないですか。だから当たり前に二十三日は休みだと思ってて。先週気づきました。あれ、カレンダーが赤字じゃないって。あぶなかったですよ。気づかないまま土日になってたら、休んじゃうとこでした」

「そうか。月曜ですもんね」

「はい。見事な無断欠勤になるとこでしたよ」

「一人ぐらい、休んじゃった人もいるかも」

「全国なら何人もいるかもしれません。役所だけじゃなく、土日休みの会社ならみんなその感じになるはずですし」

「わたしは暦が無関係だから、その心配はないですけどね」

「でもそれはそれで大変ですよね。昔の友だちともそんなには会えないでしょうし」

「と思ってましたけど。いざやってみると、そう大変でもないんですよ。土日の休みもちゃんとまわってはきますし。友だちとは本気で会おうと思えば会えますし」

「いいですね、それ。本気で会おうと思えば会えるって」

「でも本気で会おうと思うことって、実はそんなにないんですよね。会って何をするわけでもないから。ＬＩＮＥのやりとりぐらいはいつもしてますし。それでいいか、になっちゃう」

「何にしても、すごいですよ」

「何がですか？」

「タクシードライバーの仕事をなさってることが。昼も夜も東京を走って。お客さんを乗せて。ぼくにはとてもできません」

「できますよ。やっちゃえば簡単です。いや、簡単ていうのはちょっとちがいますけど。

やれるようにはなります」

「でもこわいお客さんとか、いませんか？」

「いますけど。それは区役所の窓口でも同じですよね」

「まあ、確かに。でもタクシーは自分一人じゃないですか。区役所の窓口なら、カウンターの奥に何人も同僚がいますけど」

「わたしも営業所とつながってはいますよ。ドライブレコーダーも無線もあるし。GPSで位置も知られてるし」

「だとしても。その世界に飛びこめるのはすごいですよ」

「いえ、ほんと、特別なことは何もないですよ。何でタクシー？　って否定的に見られることのほうが多いです」

鈴央にもあの話はした。駕籠抜けされた話だ。しようかするまいか迷ったが、した。わたしに起きた大きなこと。話したかった。話さずにいるのは隠すこと。そう思った。だから何日かあとにLINEで伝えた。こんなことがありまして、という感じに。軽めに。

鈴央はかなり心配した。メッセージでのやりとりを通話に替えて言ってきた。

「だいじょうぶなんですか？」

「だいじょうぶですよ」と返した。「身の危険を感じるようなことはなかったですから」

予想外。そこまで気にかけてくれるとは思わなかった。不用意に話してしまったことをちょっと後悔した。

だから今日はその手の話はしない。クリスマスイヴをただ楽しく過ごす。そう決めて、ここへ来た。

実際、楽しんでる。鈴央も気に入ったようなので、豚バラ串のお代わりを頼んだ。またそれが二本めでもおいしいのだ。

おいしいが、さすがに二本はヤバい。明日はお台場散歩コースを二周する必要があるかもな。

そんなことを考えてると、鈴央がいきなり言う。

「夏子さん」

「はい？」

「ぼくら、付き合ってますよね？」

「え？」

「カレシとカノジョだと、考えていいんですよね？」

「いい、と思います。今さらそうじゃないと言われたら、わたしもあせります」

「ですよね。付き合ってください、とぼくは言いましたし、はい、と夏子さんも言ってくれましたし」

「そうですよ。初めは高間さんでしたからね。夏子さんじゃなく」

「それを言われると、恥ずかしいです。ぼくもどこで切り換えるか、ちょっと迷ったので」

「切り換えはスムーズでしたよ」

「よかった。でも気づかれてたんですね」

「そりゃ気づきますよ。来た！　と思いましたもん」

「それもまた恥ずかしい」

「わたしはうれしかったですよ」

「ぼくも夏子さんと付き合えてうれしいです。すごくうれしいですよ。だから、言っちゃうことにします」

「何ですか？」

その言葉にはちょっとあせる。いや、かなりあせる。秘密が明かされる前に出る言葉だ。いったい何なのか。

ぼく、実は公務員じゃないんですよ。実は無職なんですよ。実は子どもがいるんですよ。実は結婚してるんですよ。

どれもちがった。

「ぼく、実は夏子さんのお父さんを知ってるんですよ」

「え？」

「お父さん、室山先生を知ってます。教え子なんですよ」

「高校の、ですか」

「はい。見合の話は、室山先生に持ちかけられました。あ、いや、持ちかけられた、は言葉がよくないですね。夏子さんのことは、室山先生から聞いたんですよ」

「紹介された、ということですか？」

「紹介されたというか、まずは娘さんがタクシードライバーをしてることを聞きました。その話を聞くだけで、ぼくは感心したんですよ。すごいなと思って。実際、室山先生にもそう言いました。そしたら、しばらくして、娘と会ってみないかって」

「父が、言ったんですか」

「はい。その時点では何も決まってなかったと思います。室山先生が奥さんに、じゃなくて元の奥さん、夏子さんのお母さんに、話をしてたわけでもないですし。話は、たぶん、ぼくが会ってみたいと言ってからしたはずです」

わたしは考えて、言う。

「まず」

「はい」

「父と、そんなに親しいんですか？」

「親し、くさせてもらってますね。たまに飲みに連れて行ってくれますし」

「二人で行くんですか？」

「二人、ですね」

だとすればかなり親しい。単なる教師と教え子のレベルではない。三つ四つ上を行ってる。飲みに誘われる鈴央のほうはともかく。誘う父は鈴央を信用してるということだろう。

「クラスの担任だったとか、そういうことですか？」

「それもあります。でも担任になったのは一年のときだけ。室山先生は数学の先生でぼくは文系だったので、三年のときはもう授業を持ってもらってもいなかったです。ただ、二年のときにぼくが生徒会長になって」

「生徒会長、だったんですか？」

「はい。立候補をすすめられて、そんなことに」

「すごい」

「いえ、これが全然すごくないんですよ。そのときはほかに候補者なしの信任投票。だから誰が出ても受かってました。それでもいくつかは反対票も入るから、ちょっと悲しいんですけど」

「そうか。生徒会長には、二年生でなるんですね」

「はい。三年生の会長が秋に引退するんで、そのときに選挙をします」

「立候補を、すすめられたんですか？」

「そう、ですね」

　ぴんと来た。

「すすめたのがもしかして」

「室山先生です」

「うわぁ」と声を上げてしまう。

　教師にすすめられたら、それはもう強制だろう。立候補、とは言えない。まあ、父がそれだけ鈴央を評価してたということでもあるが。すでにクラス担任でなかったのなら尚更だ。

　父。いや、その前に。母。やってくれた。

　お母さんの知り合い。昔ちょっとお世話になった人。それは父だったのだ。知り合いは知り合い。うそにはならない。母もそう思ったのだろう。でも元夫を、昔ちょっとお世話になった人、なんて言う？

「夏子には言うなと父に言われたんですか？」と尋ねてみる。

「言うなとは言われてません。言う必要はないとは言われましたけど」

「同じことですよね」

「同じではないと思います」と鈴央は意外なことを言う。「隠したいなら、室山先生は、言うなとはっきり言いますよ。でもそうは言いませんでした。まかせてくれたんだと、ぼくは思ってます。で、どうしようかと、ずっと思ってました。でもこうなってみて、何か黙ってるのもいやだったので、夏子さんに言うことにしました」

串から外した豚バラを食べ、生グレープフルーツサワーを飲む。どちらもおいしい。そう。おいしいと思える。味わえる。腹が立ってたら、こうはいかないだろう。つまり腹は立ってないのだ、この話を聞かされても。驚きはした。何それ、とは思った。が、腹を立てるまではいってない。鈴央のおかげかもしれない。いや、母と鈴央のおかげかもしれない。

「鈴央さん、元生徒会長なんですね」

「はい」

「今、気づきました？　初めて森口さんじゃなく鈴央さんて言いましたけど」

「あぁ。気づきました」

「どう、ですか？」

「うれしいです」

「よかった」

「ぼくもよかったです」

「父が鈴央さんを評価してたのはわかりますけど。何で生徒会長にまで推したんですか?」

「室山先生、そのころは生徒会の顧問だったので」

「そうだったんですか。生徒会にも顧問ているんですね。部みたいに」

「いますね。ぼくのときは、いました。そのもの生徒会だから、そんなに口は出さないですけどね。生徒が自主的に動くのが生徒会、という建前があるので」

「父も、口を出さなかったんですか?」

「はい。ほとんど」

「意外。ああしろこうしろってうるさく言いそうなのに」

「そんなことはなかったですよ。ほんと、自由にやらせてくれました。むしろ、ほかの先生がたからぼくらを守ってくれましたよ。立候補をすすめたのにしても、やってみたらどうだ? っていう感じで。ちっとも強引ではなかったです。お前ならやれるし、いい経験になるぞ、と言ってくれました」

「いい経験に、なりました?」

「なりました。ぼくは部活をやってなかったので、先輩とも後輩ともまったくつながりがなかったんですよ。でも会長をやったことで、上の代とも下の代とも話すようになりました。上は、引き継ぎをしてくれた前会長とか。下は、書記の子とか会計の子とか。

会長をやってると、各学年のまったく知らない人が声をかけてくれたりもしますしね」

「鈴央さん、いい生徒会長っぽいです」

「いやいや、全然。周りがしっかりしてくれてただけですよ。だからどうにかやれました」

「こんなことを言っちゃいけませんけど。生徒会って、具体的には何をするんですか？」

「学校行事の運営、ですね。体育祭とか、文化祭とか、新入生歓迎会とか。あとは、会報を出したりもしますよ。忙しいときは忙しいですけど、暇なときは暇です」

お酒は三杯め。わたしは生レモンサワー、鈴央は二杯めと同じハイボールにする。二人で話し合い、串焼きの店なのに何故かメニューにあったトマトチーズリゾットも頼む。

せっかくなので、鈴央に訊いてしまう。

「室山先生は、どんな先生でした？」

「いい先生でしたよ」

「そう訊かれたら、そうとしか言えないですね」

「いえ。本当にいい先生でしたよ。すごくよくしてくれました。娘さんにだから言うんじゃなく」

「本心を言ってもいいですよ、娘さんにも」

「これ、本心です。そう聞こえませんか？」

「聞こえ、ます」

聞こえる。無理してる感じはない。

「ぼくにしてみれば、恩師ですよ。室山先生に選挙への立候補をすすめられてなかったら、ぼくはまったく何もない高校三年間を過ごしてたはずです」

恩師。人が誰かをそう呼ぶのを初めて聞いた。それがまさか父とは。室山薫平とは。

「薫ちゃんて呼ばれてませんでした？　生徒から」

「あぁ。呼ばれてたかもしれません」

やっぱり。そう呼びたくなるのだ。どこの生徒も。いつの生徒も。

「鈴央さんは呼んでました？」

「いえ、ぼくは。お世話になってましたから」

「わたしが生徒ならまちがいなく呼んでますよ。呼びたくなる生徒の気持ち、わかります。いろいろうるさい人だったから」

「うるさくなんかなかったですよ」

「ほんとに？」

「ほんとに」

「でも薫ちゃんていうそれは、悪口ですよね？」

「普通のちゃんですよ。夏子ちゃんとかヤヤちゃんとかの、ちゃん」

「ヤヤちゃん。誰ですか？」

「あ、妹です。なりとも読む也と弥生時代の弥で、也弥」

妹がいることは聞いてた。わたしと同い歳。理系の大学院生だ。いわゆるリケジョ。宇宙物理学なるものを学んでるという。地球ですらない。宇宙。すごい。タクジョのわたしは、地球の表面を走りまわるだけなのに。

届けられたトマトチーズリゾットを分け合って食べる。取り皿には、わたしが取る。二人、ハフハフ言いながら、食べる。

焼きとんにチーズリゾット。明日は歩かねば。二周、いや、三周せねば。

そう思いながら、わたしは言う。

「鈴央さん」

「はい」

「一応、どちらも名前で呼ぶようになりましたし。敬語はやめてもいいですよ」

「あぁ」

「付き合ってるからとかじゃなくて。鈴央さんのほうが歳上だから、いいです。わたしは敬語でいいですけど、鈴央さんは敬語じゃなくていいです。歳上の人に敬語をつかわれるのは何か不自然だし」

「いやですか？」

「いやではないですけど」

「室山先生の娘さんなので、何か、偉そうにはしづらいというか」

「歳上が歳下と普通に話すのは偉そうじゃありませんよ」

「そう、ですよね。ただ、ぼくはいつもこうなんですよ。職場でもこの感じで話します。歳下の人たちとも。決して親しくないわけではないんですけど」

わかる。そうなんだろうな、と思う。要するに、きちんとした人なのだ。丁寧な人なのだ。

「同い歳の友だちとはどうですか？」

「それはさすがにタメ口で話します」

「じゃあ、わたしにもそうしてください」付け加える。「無理はしなくていいですけど」

「善処します」

「善処って」とつい笑う。「お役人さんみたい」

「そのもの役人なので」

「そうでした」とまた笑う。

森口鈴央。元生徒会長にして、現区役所職員。

父が選挙への立候補をすすめたのもわかる。信用したのもわかる。

鈴央が何故父を信用したのかは、まだよくわからないけど。

その日、帰宅したのは午後十一時すぎ。

母はもう寝てた。そして翌朝、いつものように午前六時に起き、仕事に出かけていった。

わたしは、母が出かけるときも目覚めなかった。寝たのが午前一時すぎで、起きたのが午前十時すぎ。九時間睡眠。久々の爆睡。

午後は散歩に出て、有明とお台場と豊洲をまわった。ただし、一周。

明日は母も休みだと聞いてたので、念のため、ＬＩＮＥのメッセージを出した。シンプルに、〈飲む？〉と。

十分後。シンプルに、〈飲む〉と返ってきた。

だからそのまま大型スーパーに寄り、お酒とお惣菜を買った。二日続けて飲みはヤバいなぁ、と思ったが、イヴと当日のクリスマスくくり、ということで妥協した。

夜に母が帰ってきて。お惣菜を居間のテーブルに並べて。わたしは白桃サワーを、母は地中海レモンサワーをそれぞれグラスに注いで。おつかれ〜、と乾杯して。

わたしは言った。

「お母さん。やってくれたね」

「ん？」

「彼から聞いた。お父さんのこと」

「あ、バレちゃった?」

「バレちゃった」

「どうやって?」

「彼が自分で言った。隠すのはいやだからって」

「まあ、偉い」

「偉い、じゃないよ。何してくれてんのよ」

「だって、いい話だと思ったから。怒った?」

「怒ってはいないけど」

「怒ってないんだ?　それほど森口さんのことが気に入ったってことだ」

「そういうわけでは」

「ないの?」

「なくはないけど」

「じゃあ、よかった」

「よくはないでしょ」

「いや、いいでしょ」

「いいけど」

初めて考えてみる。

もしも鈴央が気に入らない相手だったら。その気に入らない相手が、実は室山先生の紹介なのです、と言いだしてたら。わたしは母に対して怒ったのだろうか。

怒るのはおかしいような気がする。相手のことが気に入れば怒らず、気に入らなければ怒る。怒るか怒らないかは結果次第。見合に現れた相手次第。それこそ変だ。

「お母さん。お父さんと連絡をとり合ってたの？」

「とり合ってたわけじゃないわよ。その件であちらから連絡が来たの。久しぶりに」

「電話で？」

「そう。これこれこういう人がいて、夏子にどうかと思うんだけど、どうだろうって。初めはね、何それ、と思ったわよ。夏子が受け入れるわけないでしょって。実際、お父さんにそう言った」

「そしたら？」

「おれから来た話だとは言わなくていいって。そのうえで、森口さんのことを話したの。本当にいい男だからって」

「いい男って言ったの？」

「そう。イケメンて意味のいい男じゃなくて、いい男の人というか、いい人ってことね」

「いいよ、イケメンを否定しなくても。でもさ、お母さんはいやじゃなかったの？」

「ん？　何で？」

「だって、離婚した人から来た話だよ。そんな相手を娘に紹介するの、いやじゃなかった？」

「あぁ。そんなふうには考えなかったわね」

「考えなかったの？」

「ええ」

　というこのあたりが母だ。おっとりぶり、炸裂。離婚はした。だからもういい。になってしまうのか。

「お母さん自身がどうこうはなかったけど、夏子がいやがるんじゃないかとは考えたわよ。でも結局、まあ、いいか、と思った。お父さんもまさか自分の娘におかしな人を紹介しないだろうから。おかしな人では、なかったでしょ？」

「まあね。だから今こうなってるし」

「お母さんもね、話を聞いて思ったのよ。よさそうな人だなぁって。お父さんとかなり長く話しちゃった。別れてからは初めてね、あんなに長く話したのは。いろいろ聞いておきたかったから、質問もたくさんしたわよ。何なら、変なとこを探してやろう、くらいの気持ちで」

「変なとこ、あった？」

「なかった。あってもお父さんが言うはずないけど。いや、そんなこともないか。あったら初めに言うわよね。あとでわかったら夏子がいやな思いをするんだし。まず、変なとこがあったら、お父さん自身がすすめない。実際ね、ほんとにいいやつなんだよって、お父さん、何度も言ってた」

「元生徒会長だよ」

「え、そうなの？」

「そう。何、それは言ってなかったの？」

「言ってなかった」

「結構大事なことじゃん。言い忘れたのかな」

「あえて言わなかったのかも」

「何で？」

「逆にマイナスになるかと思って。生徒会長だったことがプラスに働くとは限らないでしょ？　それを評価しない人もいそうじゃない」

「あぁ」

　わたしはどうだったろう。ただ生徒会長と言われただけでは、評価しなかったかもしれない。あの鈴央が生徒会長だったから評価したのだ。その感じはいいな、その学校はいいな、と思って。

「でもお父さん、公務員てことは言ったんだね」

「それはね。夏子のためというよりはお母さんのために言ったのかも。相手が公務員なら納得すると思ってたみたいだから。現に、納得したし」

「したんだ？」

「した。そこは大事でしょ。安定安定言うの、夏子はいやかもしれないけど、歳をとればわかる。それはやっぱり大事なの。四十五十で退職を余儀なくされるなんてこともあるからね。そうなったらなったでやり直せばいいって、二十代三十代のうちは思えるけど、四十代五十代だともう気力も体力も落ちてるからそう簡単にはいかない。これはね、若いうちは本当にわからないの。お母さんもわからなかったし。衰えを実感してからじゃないとわからないんでしょうね。だから、夏子には悪いけど、お母さんはいい話だと思った。ものすごくいい話だと思ったかな、逃しちゃいけないっていうくらいの。そうでなかったら、夏子に言わないわよ」

　結果を見れば。よかった。母がいい話だと思ったおかげで、わたしは鈴央と知り合うことができたのだ。

「お父さん、自分のことをわたしに言うなとは言ってないんだ？」

「言うなとは言ってないわね。そこはお母さんにまかせるって。で、お母さんは言わなかった」

鈴央に対してと同じ。言うなとは言わなかったのだ。それはまた、言えとも言わなかったということでもある。

「でも森口さんは、それを自分から言ったのね。夏子のことを、ちゃんと考えてくれてるんだ」

「そう、なのかな」

「そうでしょ。だって、いずれどこかで言わなきゃいけなくなるもんね」

「どこかで言わなきゃいけなくなる?」

「なるでしょ。例えば結婚なんてことになったら、言わないわけにはいかないだろうし」

「そこでも言わなきゃ言わないですむんじゃない? 結婚式とかに呼ばなきゃいいだけの話でしょ」

「呼ばないの?」

「呼ぶの?」

「あぁ。そう言われると、どうなのかしらね」

「別れたお父さんは呼ばないでしょ。呼ぶ人もいるかもしれないけど、呼ばなくてもおかしくない。そのときの関係にもよるけど」

「でも、森口さんはいやなんじゃない？　呼びたいでしょ。恩師なんだから」

「仮にだけどさ。ほんとに仮にだけど。わたしが彼と結婚するとしてね、彼がお父さんを呼びたいと言ったとするでしょ？　そしたら、お母さんはいいわけ？」

「いいわよ」と母は即答する。「そういうことなら問題ないじゃない。わたしはいやです、なんて森口さんに言わないわよ。安心して」

「じゃあ、お父さんは、新郎側の関係者として出席するってこと？」

「どっちでもいいわよ。こっちでもいいし。どっちが自然？」

「うーん。やっぱり、こっち？」

「そうよね。夏子の実父だし。ならそれでいいわよ。同じテーブル席に座るのはいやだとか、お母さん、そんなことも言わない」

「実際、いやじゃないの？」

「いやじゃないわよ。会えば会ったで、普通に話すだろうし」

さすが母。歳をとって気力や体力は衰えても、おっとりは衰えない。

「お母さん、お父さんとは一緒に暮らせない。今もやっぱりそう。でもね、お父さんを悪い人だと思ってるわけじゃないのよ。夏子のことを大事に考えてくれてるのもわかってる。それは夏子以上にわかってる。お父さん、人を見る目はあるしね」

「あるの？」

「あったでしょ？　森口さんで、どう思った？　なかった？」

「あった。と言うしかないよね、わたしは」

「森口さんじゃなかったら、お父さん、夏子に紹介はしなかったでしょ。森口さんが断ったからナンバー2に当たるとかほかを探すとか、そんなことはしなかったはず」母は地中海レモンサワーを飲んで言う。「どうする？　ナンバー2の紹介も、お願いしてみる？」

「いい」と言ってから、足す。「いや、でもやっぱりイケメンをお願いしてみようかな。これまでの教え子で一番のイケメン。条件はそれのみ。性格は不問」

「それはそれで、見たいわね。紹介されたら、夏子、森口さんとあっさり別れたりして」

「そうなりそうなら止めてね」

「了解。お母さん、全力で止めにかかるわよ。夏子、公務員公務員！　安定安定！　って」

笑う。この母があの父とよく結婚してたな、と思う。

「あ、そうだ」とその母が言う。「これ、夏子に言っておこうかな」

「何？」

「お母さんね、もしかしたら異動するかも」

「異動。いつ？」

「するなら四月かな」

「ずいぶん先だね。もう話が来てるの？」

「話というよりは打診かな。人材育成部っていうところのマネージャーになる気はありませんか？　って」

「人材育成部ってことは、まさに、人材を育てる、みたいなこと？」

「そう。指導をする」

「打診してくれるんだ？　この部署に行きなさい、じゃなくて」

「ほら、お母さんはわりと特殊だから。結婚するときに会社をやめようとして、夏子を産むときもまたやめようとして。そこを呼び戻されてるからね」

「だとしても、打診してくれるのはすごいね」

「いきなり異動させたらやめちゃうと思ってるんじゃないかな。夏子を産んだあとも、売場に立たせてもらえるなら戻ってもいいですよって言ったから。変に気をまわされて、立ち仕事じゃなく、座ってできる事務仕事をやらされるのはいやだったの。お母さんは売ってなんぼだし」

「売ってなんぼなの？」

「そりゃそうよ。服を売る会社なんだから売りたいわよ。夏子だってそうでしょ？　夕クシー会社なんだから乗りたいでしょ？　お客さんを乗せたいでしょ？」

「まあね。で、その異動は、勤務地も変わっちゃうの？」

「それはないみたい。都内は都内。本社勤めにはなるかもしれないけど、引っ越すことにはならない」

「もし引っ越すなら。ちょうどいい機会だから、わたしも一人暮らしをしようかな」

「あぁ。いいかもね。森口さんと同棲とかすれば？」

「親がそれ言う？」

「そのほうが無駄がないじゃない。一度引っ越して、そのあとすぐ同棲なんてことになったら、礼金とか引っ越し代とかもったいないし」

「でもお母さんは動かなくてすむんでしょ？」

「たぶんね」

「それでもわたしが出ていくとしたら、どうする？」

「どうもしない。このまま住むわよ。ここは好きだから。夏子も寄れるじゃない。仕事帰りに泊まってもいいし」

「それはたすかるけど」

「異動するなら職場の近くに移ってもいいけどね。それはそのとき考えるわよ」

「話を受けるの？」

「どうしようかなぁ。夏子ぐらいの歳の子たちとおしゃべりできるのは楽しそうだなぁ、と思うけど、お母さんに指導なんてできるのかなぁ、とも思うし」

「できるでしょ」

「どうかしら。お父さんみたいにはやれないよ」

「お父さんみたいにやる必要はないでしょ。お母さんふうにやればいいんじゃないの？」

「それじゃ会社は納得しないでしょうね。売場にいるなら、数字さえ上げてればいい。そうしてれば文句は言われない。ただ、異動したら。ちゃんと指導してます、みたいに見せなきゃいけない。会社って、そういうものだから」

それはちょっとわかる。タクシードライバーも同じだ。

現場では一人。でも会社員として守られてはいる。縛られる代わりに、守られる。


わたしも守られた結果として。

犯人があっさり特定された。あのお客さんだ。駕籠抜け犯。

駕籠抜けされてすぐ、営業所に無線で報告した。対応してくれたのは、貝沼岳子（かいぬまたけこ）さん。四十代前半の人だ。その日の担当が女性の貝沼さんで、ほっとした。暴力を受けたりということはないのね？　だいじょうぶね？　貝沼さんはそう言ってくれた。言われたことで初めて、ちょっと泣きそうになった。

　翌日、会社は警察に被害届を出した。被害額は一万三千円弱。そこまでしなくてもよさそうなものだが、そこは企業、額の問題ではないということで、ためらわずに出した。

　被害者本人のわたしも一度警察署に行った。営業所の職員も同行してくれた。友部(ともべ)弦(げん)太(た)さん。三十代半ばの人だ。そこは女性でなく、男性。警察相手だから、かもしれない。手続きはすぐに終わった。あとはこちらで処理して、業務には支障が出ないようにするから。友部さんはそう言ってくれた。

　届を出してから、さして時間はかからなかった。年内、二十七日にはもう犯人が特定された。それはそうだろう。ドライブレコーダーにはっきりと顔が映ってるのだから。犯人もそれを知らなかったはずがない。やはり、わたしが会社に報告しない、もしくは、会社がその程度の額では被害届を出さない、と甘く考えたのだろう。

　犯人。あのお客さんは、出浦沙緒(でうらさお)。二十八歳、フリーターだという。無職に近いフリーターだ。一時期はモデルみたいなこともしてたらしい。

　両親が弁護士を伴ってすぐに会社に謝罪に来た。わたしは明け休み。わざわざ呼び出されはしなかった。

　両親は運転手さんご本人に直接謝りたいと言ったらしいが、会社が断った。それもわたしを守るためだ。逆恨みされる可能性だって、ないとは言えない。

謝ってほしいかとあとで訊かれはした。いいです、と答えた。料金さえもらえればそれでいいです、と。

わたしにも落ち度はあったのだ。怠慢という落ち度。わたしがちゃんと身分証やスマホを預からせてほしいと言ってれば、出浦沙緒もあきらめたかもしれない。こんなことにはならなかったかもしれない。

だから、被害届を取り下げることにも同意した。まず、警察も逮捕はしなかったらしい。出浦沙緒が呼び出しに素直に応じ、料金を払ったうえで謝罪もする意思を示したことから、当事者で話し合うよう促すだけにとどめた。

手持ちのお金が少ないことに気づき、酔ってたこともあって、つい出来心でやってしまった。

それが出浦沙緒の言い分らしい。事実かはわからない。出来心は出来心かもしれないが、お金が足りないから生じたのではなく、わたしの車に乗った時点ですでに生じてたのかもしれない。それは本人にしかわからない。

被害届を取り下げたあとも、本人が会社を訪ねてくることはなかった。来たのはやはり両親と弁護士のみ。本人は憔悴（しょうすい）しきってどうにもならない、ということらしい。それだって、事実かはわからないが。

もういい。早く忘れたい。いや、忘れることはできないだろうし、忘れてはいけないが、とりあえず終わりにしたい。ただそう思った。

一度、所長には呼ばれた。

実松御世児（さねまつみよじ）社長、ではない。社長まではいかない。所長。城内利郎（しろうちとしろう）営業所長だ。

「今回は高間さんも甘かった」と所長室で言われた。「もちろん、悪いのは犯人。高間さんは悪くない。でも甘かった。身分証は預かるべきだったね」

「はい」

「お客様のことは信用しなきゃいけない。警戒もしなきゃいけない。その二つを分けて考える必要はない。両立させていいんだ。自分の身を守るためにもね」

「はい」

「お客様の安全が第一。でも自分の安全も大事。それを第二にしなくていい。第一でいい。第一が二つある。そういうことでいい」

「はい」

「ただ、すぐに報告したのはよかった。自分だけですませようとしなかったのは、とてもよかった。それは、被害額がもっと少なくても、例えば初乗りの四百二十円でも同じこと。少額だからいい、にしちゃいけない」

「はい」

城内所長はそこで初めて笑みを見せ、言った。

「正直なところ、どう？　自分で払っちゃおうと、少しも思わなかった？」

「えーと、少し思いました。一瞬ですけど」

「おぉ。本当に正直だ。思うのが普通だと思うよ。人間、誰だってトラブルはいやだからね。その意味で、高間さんは早いうちにいい経験をした。このことを忘れないで、これからもがんばってください」

「ありがとうございます」

「では乗務に戻って」

「はい。戻ります」

「年末も年末。このことはこれでおしまい。来年はいい年にしましょう」

「したいです」そしてわたしは言う。「します」

# 一月の早稲田(わせだ)

新年会をやることになった。年始ぐらいは集まれる同期で集まろう、ということになったのだ。

そこにはわたしを励ます意味合いもあった。駕籠抜けの件で落ちこんでるはずのわたしを励まそう、ということだ。

年末年始も乗務はある。オフィス街での需要は減るが、年末年始だからこそタクシーに乗る人もいるので。

わたしは十二月三十一日が出勤で、一月一日が明け休みだった。三十一日から一日にかけては初詣客を乗せまくった。その夜は電車も動いてるが、本数は少ない。機動力では負けない。

一日は母が遅くまで寝てたので、帰宅後すぐに新年のあいさつをすることはできなかった。それをしたのは、わたしも寝て起きた正午すぎだ。あけましておはよう、と母に言われ、あぁ、おめでとう、と返した。

新年会は、二週めの平日に行われた。シフトがちがっても休みが重なることはあるので、来られる人は来た。

幹事というか言いだしっぺは、中崎十一。集まった同期は、十二人中六人。半分。ドライバーの十一、神林朱穂、霜島菜由。総合職採用で営業所職員の永江哲巳。整備職採用の倉完輔（くらかんすけ）。とわたし。

完輔は常に営業所にいるが、そんなには顔を合わせない。でも車に何か不具合があればすぐに話を聞いてもらえる。もちろん、ほかの整備職の人にも聞いてもらえるが、そこは新人、同期がいるのは心強い。

哲巳と同じ営業所職員で二歳上の鬼塚珠恵（おにづかたまえ）さんも呼んだ。この珠恵さんにはわたしたち新人ドライバーもいろいろお世話になってるので、大歓迎。

あとは、姫野さんも来た。イケメン好きの朱穂が呼ぼうと言いだしたのだ。姫野さん自身が断るだろうと思ったら、そんなことはなかった。わたしたちとは代がちがう珠恵さんが来ることもあってか、行くわ、とあっさり来た。

計八人。

朱穂と菜由は明日も乗務ということで、お酒は飲まない。それでも、飲みたければ飲めるようにと、スタートは早めにした。早めも早め。午後二時だ。

場所は池袋にあるアミューズメント施設。みんなが行きやすい場所ということで、そうなった。みんなといっても、優先されたのは年長者。最後に滑りこみで参加を決めた最年長の姫野さんではない。一つ下の珠恵さんだ。

ベースはカラオケルーム。そこでうたったり食べたりし、気が向いたらボウリングやビリヤードもやる。そんなゆるい感じにした。先に全員でボウリングをしてそのあとカラオケへ、のほうがいいような気もしたが、それだとご飯を食べるタイミングがないということでそうなった。

からあげにたこやきにピザにナポリタンにフライドポテト。じゃんじゃん頼んだ。

飲める人は初めからお酒を飲んだ。姫野さんと珠恵さんと哲巳と十一と朱穂とわたし。完輔は飲まなかった。いつも飲まないのだそうだ。菜由だけが、今日は我慢。十一が謝ってた。次は霜島が飲める日にするから、と。

菜由は、そういうことでも不便を感じてるらしい。だから早くも職種変更を考えてるのだ。本人が予想してた以上に生活面での制約が多いから。

カラオケは久しぶり。考えてみたら、本社で研修を受けてたときに同期と行って以来。八ヵ月ぶりだ。

そもそもわたしはあまりカラオケに行かない。大人数で集まるのがそんなに好きではないのだ。行けば楽しいとは思う。うたうのも嫌いではない。でもたまにでいい。自分からは行かない。一人カラオケもしない。

「一回めは順番で全員ね。まずは高間から」と十一が言った。

どうしようか迷い、ＫＡＺ・ＭＡＲＳの『ビーフボウル・ラヴ』をうたった。

「夏子、ロッカー！」と朱穂に言われ、

「何かエロい！」と菜由に言われ、

「下手ウマ！」と十一に言われ、

「つーか、下手」と姫野さんに言われた。

朱穂と哲巳はアニソンをうたい、菜由と珠恵さんはアイドルグループのうたをうたった。完輔はまさかの演歌をうたい、十一は昔のＪポップをうたった。

一巡めのトリを務めたのは姫野さん。

わたしに下手と言ったからにはどれほどのものなのか見てやろう、と意気ごんだ。ふざけたものでごまかしにかかったらすかさずツッコもう、と身がまえた。

姫野さんは、逆に勝負を仕掛けてきた。洋楽をうたったのだ。誰も知らない曲に逃げたりもせず、わたしでさえ知ってるそれを選んだ。ビートルズの『レット・イット・ビー』だ。

画面にタイトルが表示されてイントロが流れると、みんなの声が上がった。

「マジっすか！」と十一。

「来た！」と朱穂。

「洋もの！」と菜由。

そのやり方か、と思った。あえてハードルを上げ、一気に自分を下げるのだ。ド下手のパターン。下手が無理をしてド下手になり、場を盛り上げる。一つまちがえればシーンとしてしまう可能性もあるが、姫野さんは最年長、周りが気をつかうからそうはならない。

実際、そうはならなかった。まず、気をつかう必要がなかった。まるでなかった。姫野さんはポールだったのだ。マッカートニーだったのだ。

出だしのフレーズで、みんな同時に、うぉっ！と驚き、うまっ！と声がそろった。それからはもう、いいほうの意味でシーンとした。みんな黙ってうたを聞いた。聞き入った。

間奏になると、ようやく言葉が出た。

「何？」と朱穂が言い、

「ビートルじゃん」と十一が言って、

「お金とれるじゃん」と菜由が言った。

わたしは何も言わなかった。ほめ言葉の用意がなかったのだ。

姫野さんはメロディを崩してうたったりもした。洋楽をうたう人はよくこれをやる。たいてい失敗する。寒々しい感じになるのだ。でも姫野さんはやり過ぎなかった。余計なビブラートを利かせたりせず、うまく踏みとどまった。
曲が終わると、みんな盛大に拍手をした。カラオケルームとは思えない大拍手だ。
「わたし、泣きそう！」と朱穂。
「泣け、泣け」と姫野さん。
「どこで覚えたんですか？」と珠恵さん。
「ロンドンで」と姫野さん。
「いつですか？」と十一。
「小学生んとき」と姫野さん。
「帰国子女だったんですか」とこれも十一。
「バーカ。うそだよ」と姫野さん。
「うそかい」と菜由。
姫野さんがわたしの隣に座り、フライドポテトをつまみにビールをゴクゴク飲んだ。
「何者ですか？」と尋ねた。
「タクシードライバー」と答が来た。
「あとは何ができるんですか？」
「あとって？」
「いい大学に入るのと、いい会社に入るのと、タクシーを運転するのと、都内の道をあっという間に覚えるのと、水切りワイパーをいくらか負けてくれるのと、ビートルズをうたえるの以外で」

「あぁ」と姫野さんは言い、さらにビールを飲んだ。「以上だな。出し尽くした。あとはねえよ」

それからもカラオケは続いた。

二巡め。今度はうたいたい人がうたった。わたしはもううたわなかった。姫野さんもうたわなかった。

「今度は『イエスタデイ』をうたってくださいよ」と十一が言い、

「あれは好きじゃない」と姫野さんが言った。

「じゃあ、クイーンはどうですか?」

「フレディもあんまりだな」

代わりに、十一が『ウィ・ウィル・ロック・ユー』をうたった。ドンドンパッ! ドンドンパッ! のあれだ。

うたはひどかった。フレディ・マーキュリーの足元にも及ばないどころか、靴底にもなれなかった。

でも十一はうまく場を盛り上げた。同期にこういう人が一人いるとたすかる。

十一。イレブン。その名前は父親がつけたらしい。理由は、その父親がコンビニ好きだから、ではなく、サッカー好きだから。十一は小学一年生でサッカーをやらされ、小学三年生でやめたという。サッカーは嫌いだが、自身の名前は嫌いではないという。十一はちょっと響吾に似てる。顔がではなく、人としての感じが。

お酒がまわり、お腹も落ちついてくると、もう全員でボウリングをやる雰囲気ではなくなった。でも前から話してたらしく、十一と哲巳がビリヤードをやりに出た。どうですか？　と哲巳に言われ、じゃあ、と珠恵さんもついていった。哲巳と珠恵さんはちょっとあやしい。というのはわたしじゃなく、十一の意見。

三人が出ていくと、姫野さんが言った。

「ここ、卓球もあんのな」

「みたいですね」と菜由。

「誰かやんない？　卓球」

誰も手を挙げなかった。

本当にやりたいらしく、姫野さんは個別に攻めた。まずは男子から。

「倉っち、どう？」

「無理です」と完輔は即答する。「卓球はやったことないんで」

「いや、一度ぐらいあるだろ」

「ちゃんとした台でやったことは一度もないです」

「何だよ。酒は飲まないし、卓球もやんないのか」

「酒はともかく。卓球はやらないのが普通ですよ」

男子がダメなら次は女子。

「神林っちはどう？」

イケメン好きの朱穂なら喜んでやるかと思ったが。

「わたしも無理です」とこちらも即答。「運動神経がヤバいです。たぶん、全部空振りします」

「でもタクシーの運転はできんじゃゃん」

「それとこれとは別ですよ」

「じゃあ、高間。どうだ？」

わたしは即答しない。

「何、お前も空振り派？」

「派ではないですけど」

「じゃあ、やろうぜ」

「まあ、いいですよ。菜由も行こ」

「わたしはパス。うたう。人数が減ればもっとうたえるし」

「行くぞ。高間」

姫野さんと二人、カラオケルームを出て、卓球場へ向かった。

そこは卓球場というよりは卓球室。カラオケルーム同様、個室になってた。二室の片方が空いてたので、そこへ入った。

「姫野さんは卓球でもポールなんですか？」と尋ねてみる。

「あ？」

「卓球でもポール・マッカートニーなんですか？　うまいんですか？」

「あぁ。ポールってほどじゃねえけど、そこそこうまいな。中学んとき、卓球部のやつと打ち合ったりしてたし。やってないやつには負けねえよ」

まさかこんなところで姫野さんと卓球をやることになるとは思わなかった。しかも一対一。シングルス。

台に置かれてたラケットはシェークハンドではなく、ペンホルダー。ラバーは片面のみの日本式だ。

少し酔ってるが、さほど影響はない。ラケットをかまえ、腰をやや沈める。久しぶりのその姿勢。それだけでスイッチが入る。

「じゃ、やんぞ」

わたしの返事を待たずに、姫野さんがサーブを打つ。ただ打っただけ。軽めのそれ。

どうしようかな、と思い、初めからかますことにする。

スパコーン！　といく。いきなりスマッシュを打つ。サイドに散らすのでなく、正面に返す。

不意を突かれた姫野さんは反応しない。できない。ボールは姫野さんのお腹にポテッと当たる。勢いがあるボールだから、ポテン、にならない。ポテッ。

「おい、何だよ」と姫野さんが言う。「いきなりかよ」

わたしは何も言わない。さあ、やったりますよ、という感じにその場でステップを踏み、首をまわす。

「よし。じゃ、おれも」

姫野さんがまたサーブを打ってくる。今度は速めのそれ。でも所詮は素人。ボールに芯はない。うねりもない。

わたしはそれもスマッシュで返す。自身の左、姫野さんの右に。

姫野さんも反応するが、ラケットは届かない。伸ばした手の先をボールは通過する。

「うわ、マジかよ」

次も同じ。いきなりのスマッシュ。今度は自身の右、姫野さんの左。そちら側にその速さ。素人では無理。とれない。

その三球で充分。体のつかい方を見ればわかる。よかった。姫野さんは卓球のポール・マッカートニーではなかった。もしかしたらそんなこともあるのか、と危惧してたのだ。この人ならあり得るな、と。

床に転がったボールを拾って戻った姫野さんが言う。

「お前、卓球がうまいって何だよ」

「何だよと言われても」

「やってたんだ？」

「少し」

「いつ？」

「中学のときです」

「中学だけ？」

「大学でもちょっとやりましたけど。それは遊びです」

卓球は中学で始めた。かつてやってた母にすすめられたのだ。

両親が離婚して、木場から東雲に引っ越した。行くはずだった中学とはちがう中学に行った。

入学した時点で知ってる子は一人もいなかった。新中学一年生にとっては危険な状態だ。アウトにもセーフにもなり得る。すでにできあがってるクラスに途中から入るよりはまし、という程度。

ここで部に入らないのはよくないな、と十二歳ながら思った。運動部ならソフトテニス部、文化部なら吹奏楽部。少し迷った。でも少し。すぐに吹奏楽部が消えた。楽器なんて何もできない。できるようになるとも思えない。一応、文化部からも候補を一つ出しただけの話。

ソフトテニス部に決めかけたが、そこで母が言った。卓球部はないの？

あった。でも何故か除外してた。運動部ならソフトテニスとバスケットボールとバレーボールの三択、と無意識に決めてたのだ。

卓球。意外だった。でもちょっと惹かれた。おとなしめの子が多そうな気がした。その子たちとなら仲よくなれそうな気もした。ちゃんとやればうまくなるよ。母のその言葉も大きかった。どの競技だってそれは同じだ。ちゃんとやればうまくなる。が、経験者の言葉はやはり響いた。

で、本当にちゃんとやったら、そこそこうまくなった。

部の女子のなかでは二番手までいった。人見貴衣（ひとみきい）というダントツの子が一人いて、その貴衣には敵わなかったが、他の子には負けなかった。貴衣、わたし、立木真凜（たちきまりん）、という序列ができた。それがトップスリーだ。江東区の一年生大会でまずいいところにいき、二年生の江東区秋季大会ではその上にいった。

高校でもやろうかと思ったが、やらなかった。卓球部に入るのが、何となく恥ずかしかったのだ。

今考えるとよくわからない。でも十五歳のあのころはそう感じてしまった。女子高生っぽくしなければならん、と思いこんだのだ。女子高生なら卓球をやったりせず、恋愛だのアルバイトだのをしなければならん、と。

結局、恋らしい恋はしなかったし、アルバイトは校則で禁止されてた。残念ながら、わたしは停学覚悟でバイトを始める前向き女子ではなかった。そこで知り合った大学生と恋に落ちる前のめり女子でもなかった。

母もすすめてはこなかった。夏子、部活はしないの？　しない。それで終わった。

高校の三年間でわたしがしたことと言えば。仲よくなった楠瀬令紗（くすのせれいさ）との寄道や買い食いぐらいだ。確かそのころに初めてタピオカミルクティーを飲んだ。まだ全然流行（はや）ってなかったころの話。何これ、と思った記憶がある。

大学ではまた卓球をやった。さすがに体育会の部に入れるレベルではなかったので、同好会に入った。

卓球同好会というよりはほとんど温泉卓球同好会だったが、まずまず楽しかった。夏休みや冬休みに温泉合宿と銘打った温泉旅行に出るとき以外は、それなりにちゃんとやった。高校でもやっておけばよかったな、と少し思った。

で、姫野さんだ。

中二のときとはいえ江東区秋季大会で上位に入った元卓球部員と、素人。

こてんぱんにしてやったのだが。

姫野さんは案外強かった。心が。

こうなると、打ち負かされた相手は、もういいや、になってしまうことが多い。特に女子にやられた男子はそうなることが多い。経験者だと知ってても、負かされると耐えられなくなるのだ。

姫野さんはそうならなかった。鈍いのか何なのか、いつまでも引かなかった。打ち返せないのに、やめないのだ。意地になってるわけでもなく。器の大きいところを見せようとしてるわけでもなく。

でも打てばスマッシュで返されておしまい。ラリーにはならないので、じきにこんなことを言ってきた。

「お前さ、ちょっとは打ち合ってからスマッシュを打てよ。じゃねえとつまんねえから」

そうした。わたしはわたしで、回転のかかり具合を試したりした。ラケットもあまりよくないせいか、ちゃんとやってたころほどはうまくかけられないことがわかった。

姫野さんはさらにこんなことも言ってきた。

「お前さ、次からはスマッシュを打つ前に打つって言って。そしたらどうにかなるかもしんないから」

そうした。姫野さんはどうにもならなかったが、たまにはボールをラケットに当てるようになった。でも当てるだけ。返すには至らなかった。

当然だ。経験者をナメてもらっては困る。中学で卓球部員と打ち合えたからといって、卓球をナメてもらっては困る。たぶん、その卓球部員は手を抜いてただけ。わたしとちがい、優しかったのだ。

そんなこんなで、三十分は打ち合った。いや、打ち合ってはいない。わたしが一方的に打ちまくった。最後は姫野さんにスマッシュを打たせたが、やはりスマッシュで返した。

それには姫野さんも言った。

「おいおい、マジかよ。歳上を立てろよ」

個室の利用は、基本、三十分。十分単位で延長もできるようだが、そうするほどのこともないので、その三十分で終わりにした。

カラオケルームに戻ると、菜由がうたってた。

わたしがうたった『ビーフボウル・ラヴ』と同じKAZ・MARSの『エロマダム・ロック』。わたしよりうまかった。でも僅差だ。

十一はビリヤードから戻ってきてたが、哲巳と珠恵さんはいなかった。

「永江が鬼塚さんに教え中」と十一はわたしに説明した。

哲巳と珠恵さん、ますますあやしい。

菜由の『エロマダム・ロック』が終わると、姫野さんがみんなに言った。

「参ったよ。ウチに卓球のプロがいた」

「もしかして、夏子?」と菜由。

「そういえば、元卓球部?」と朱穂。

「おれ、打たれまくり」と姫野さん。「マシンガンで撃たれたみたいに蜂の巣」

わたしを励ます類の言葉が、そこで初めて十一から出た。

「じゃあ、高間はもうだいじょうぶだな。駕籠抜けショック、解消」

好きな映画は何ですか? という質問は、どこかタブーとされるようなところがある。訊かれた側が何かを試されてる感じになってしまうのだ。

音楽よりも映画のほうがその傾向は強い。映画にはストーリーがあるからだろう。

実際、その質問をされると、そうだなぁ、とまずは濁す人が多い。何だろうなぁ、とか、一つには決められないかなぁ、と濁しまくり、結局は一つも挙げないまま話を終わらせたりする。

わたしもその質問はなるべくしない。されたときは、過去に観たものを三つ四つ立てつづけに挙げることにしてる。一つだからあぶないのだ。あの人はこれが好き。こういうのが好き。と決めつけられるおそれがある。

で、その質問をされた。鈴央から。

「好きな映画は何ですか？」

ヤバい。カノジョが挙げる映画。正解は何だ。

恋愛映画なのか、青春映画なのか。でなきゃ、アニメ映画なのか。思いきって、ホラー映画なのか。

そう考えてたら、こう続いたのでたすかった。

「そう訊かれると、困りませんか？」

「困りますね。わたし、大した映画を観てないので」

「ぼくも同じです。数は観てるけど、大したのは観てない。有名なものも意外と観てなかったりします。キューブリックもデヴィッド・リンチも観てません」

「わたしはどっちも知りません」

「ぼくも知ってるのは名前だけ。一本も観てません。考えたら、スピルバーグすらほとんど観てないんですよ。『E. T.』も『ジュラシック・パーク』も観てないし」

「わたし、『E. T.』は観ました」

「そうですか。どうでした？」

「何か、古かったです」

「あぁ。映像が」

「はい。最近のとくらべると特に」

「技術が今ほどじゃなかったんでしょうね」

「あれ、すごく売れたんですよね？」

「当時の興行収入世界一とか、そんなだったはずです」

「へぇ。そこまで」

「夏子さん、『E．T．』とか観るんですね」

「たまたまです。高校生のときに友だちの家で観ました」

楠瀬令紗の家で観た。お菓子をいっぱい買って泊まりに行ったのだ。衛星放送で何やってるかなぁ、と思ったら、その『E．T．』をやってた。

わたしはE．T．をかわいいと言ったが、いや、かわいくないでしょ、と令紗は言った。でもストーリーに感動して泣いたのは令紗のほうだ。わたしは泣かなかった。主役の少年がE．T．を自転車で運ぶシーンでは、ちょっと笑ってしまった。前カゴに入れられたE．T．がかわいすぎたのだ。で、令紗に怒られた。感動しようとしてるんだから笑わないで、と。

「じゃあ、夏子さん」と鈴央に言われた。「今度映画館に行きましょうよ」

早稲田の映画館だ。いや、厳密には高田馬場。早稲田大学の近くにある。そこの学生がよく観に来るらしい。もちろん、学生以外も来る。いわゆる名画座。旧作を二本立てで上映する。それでも料金は一本しか観られない普通の映画館より安い。

鈴央はさらに説明した。

「ぼくは早稲田卒でも何でもないんですけど、そこにはよく行ってました。安く二本観られるのはありがたいので。映画も幅広くいろいろなものをやってくれますし。硬いものも、やわらかいものも」

硬いものにやわらかいもの。その言葉で、父と母を連想した。父のような映画も母のような映画もやるのか。父のようなのは、ちょっといやだな。硬い映画は苦手だ。どうせなら楽しい気分になりたい。硬くて難しいのを二本続けて観せられたら、ちょっとツラい。

「だからそこに行きませんか？　人と行ったことはないんですけど、夏子さんとなら行きたいです」

そう言われたら断れない。わたしだって行きたい。硬くて難しい二時間×二本＝四時間。耐えるしかない。

と覚悟を決めたのだが。そんな必要はなかったことがすぐにわかった。

例によって鈴央にはシフトを伝えてた。だから鈴央はわたしがどの土日に休みになるのかを知ってた。

この日はどうですか？　と鈴央が言ってきたのは、土曜でも日曜でもなかった。平日。木曜。明け休みを含む三連休の真ん中。わたしが一番動きやすい日だ。鈴央自身は有休をとった。公務員はとれとれ言われますから、と。

金曜なら鈴央も三連休になる。だから、金曜でもいいですよ、と言った。でもそれだとお酒は飲めませんから、と鈴央は言ってくれた。わたしは翌日出勤だから飲めなくなる、ということだ。

鈴央がその週を選んだ理由もすぐにわかった。

その映画館は土曜から金曜までの一週間でプログラムが変わる。その週は、鷲見翔平特集、だったのだ。

姫野さんが似てると言われたこともある鷲見翔平。ファンというわけではないが、カッコいいですよね、くらいは鈴央に言ったことがあった。それを覚えてくれたのだ。

鷲見翔平主演作の二本立て。『キノカ』と『渚(なぎさ)のサンドバッグ』。どちらもちっとも硬くないエンタメ映画だ。

『キノカ』は小説が原作。

地上に降りてきた、というか落ちてきた天使の話だ。天使キノカをたすける遊覧飛行ヘリのパイロットが鷲見翔平。追いかけてきた天使や、天使の存在を嗅ぎつけたテレビ局から逃げまわるキノカと鷲見翔平。二人は当然恋に落ちる。

『渚のサンドバッグ』は漫画が原作。

飲みの席でやった賭けに負けてボクシング部に入ることになった大学生の話だ。その大学生が鷲見翔平。脇役として最近よく見る前島源治（まえじまげんじ）もボクシング部の監督役で出てくる。

『キノカ』は前にもそこで上映されたことがあるらしい。鈴央は、横尾成吾（よこおせいご）という作家が書いた原作小説を読んだ。映画も観たいと思ったが、すでに公開は終わってた。名画座でやってるのに気づいたのは最終日。観逃した。だからずっと観たかったという。

「レンタルとかで観ればよかったんじゃないですか？」

そう訊いたら、鈴央はこう答えた。

「やっぱりスクリーンで観たいですよ。だから名画座はいいんですよね。昔のものもスクリーンで観せてくれるから。一回観たものでも観に来ますよ。そこで二回観たものもあります」

そんなわけで、鈴央と二人、観に来た。

『渚のサンドバッグ』が午後二時に始まり、『キノカ』が午後七時に終わった。休憩を挟んで五時間。

もしかしたら途中で鈴央が手を握ったりしてくるかなぁ、と思ったが、してこなかった。さすがにそんな高校生カップルのようなことはなかった。あったらあったで、わたしは笑ってしまってただろう。受け入れてはいたはずだが。

「鷲見翔平はやっぱりカッコいいですね」と鈴央が言い、

「そうですね」とわたしが言う。

「あれ、ヘリの免許とか、ほんとにとったのかな」

「どうなんでしょう」

「夏子さんは、どっちが好みでした？」

「うーん。『キノカ』かな」

「ぼくもです。空を飛んでる映像を観てるだけで気分がよかったです」

「それはわたしも思いました」

「あの下を、夏子さんが走ってるんですね」

「え？」

「あの下の、東京の街を」

「あぁ。あまりにもちっちゃくて、上からは見えないでしょうけど」

「見たいですね、上から。今度、ああいうヘリに乗りましょうよ」

「いいですね。でも高そう」

「もしかして、高所恐怖症ですか？」

「ではないですけど。そっちの高そうではなくて。遊覧飛行の値段が高そう」

「あぁ。十五分で数万、とかかもしれませんね」

「それを考えれば、タクシーは安いです」

そんなことを話しながら、映画館を出た。

「さすがに二本続けて観ると疲れますね」と鈴央。

「そう、ですね」とわたし。

「無理に誘ったりはしないから安心してください。誘うにしても、これは夏子さんも観たそうだなっていうものを選びますから。というそれも、何か偉そうですね。夏子さんが観たいものをぼくが決めちゃいけないな」

「わたしもここのホームページをチェックして、観たいものがあったら言いますよ」

「たすかります」

高田馬場と新大塚は近い。たぶん、三キロないぐらい。

ひょっとしたら、部屋に来ませんか？　があるかも、と思った。

なかった。

「じゃあ、どこで飲みましょう？」

「この辺りでもいいですよ」

「夏子さんの帰りが大変なので、東雲の近くまで行きますよ」

「でもそしたら鈴央さんのとこからは離れちゃうし」

「丸ノ内線は遅くまで動いてますから」

「だったら、また銀座にしましょう。丸ノ内線もあるし、わたしも銀座一丁目から有楽町線で豊洲に行けるので」

実際にそうした。大手町ではなく日本橋乗り換えで、銀座へ。

そして今日は蕎麦(そば)居酒屋に入った。前に行った串焼き屋の近くにある店だ。

四人掛けのテーブル席に着く。ビールで乾杯し、マグロほほ肉の炙(あぶ)り焼きだのだし巻き玉子だのポテトサラダだのを頼んだ。

二十分ほどでそれぞれジョッキを空けての二杯め。鈴央はまたしてもハイボール、わたしはこの店にもあった生グレープフルーツサワーにした。

『渚のサンドバッグ』や『キノカ』の話をした。そこに『E.T.』の話も絡めた。

「鷲見翔平がヘリで空を飛んでるとき、隅っこのほうに小さく、自転車に乗った少年と前カゴに入ったE.T.が映ってたらおもしろかったのに」

わたしがそう言うと、鈴央は笑った。

「それをやったら、権利関係がちょっとマズそうですけどね。いや、でも。隅っこに小さくならだいじょうぶか。オマージュということで」

「そのオマージュって、よく聞く言葉だし、意味も何となくわかるけど。直訳すると、何ですか？」

「えーと、何でしょう。敬意、ですかね。リスペクトに近い意味というか」

「あぁ」

「英語は英語、なのかな」

「リスペクトって言っちゃうと、何か浅い感じしますよね」

「しますね」

「学校で、わたし校長先生をリスペクト、とか言ったら怒られそうだし」

「確かに。怒るのもおかしいけど、怒られそうですね」

「校長先生のことは尊敬しなさい、とか言いそうですよね、学校の先生は。で、生徒が、リスペクトしちゃダメなんですか？　と屁理屈を言って、また怒られる」

「怒られますかね」

「室山先生なら怒りそうですよ」

「うーん。ぼくはノーコメントにします」

「だいじょうぶですよ。告げ口なんてしませんから。まず、連絡をとらないし」

「とらないんですね」

「とりません」

「じゃあ、ぼくが室山先生のことを夏子さんに話しちゃったことも、室山先生は知らないんですよね？」

「知らないでしょうね。わたしは母に言っちゃいましたけど。母がわざわざそれを父に言ったりは、しないんじゃないかな。言う理由もないし」

「ぼくが言うべきなんですかね」

「言うべきということはないですよ」

「何か、室山先生に悪い気がします」

「そんなこともないですよ。だって、父は鈴央さんに言うなとは言ってないんですよね？」

「まあ、そうですけど」

「だったら、それで父が怒るのは変です」

鈴央がハイボールのお代わりを頼む。

今日はちょっとペースが速い。いつもは飲みものを頼むタイミングをわたしに合わせるのだ。好きに頼んでくださいよ、とわたしは言うのだが、鈴央はそうする。してくれる。それに少し慣れたからか、こうなったらなったで、あれっ？　と思う。

わたしはメニューを見る。お好み風山いもの鉄板焼き、に惹かれる。お好み風、が気になる。お好み焼き風、ということだろう。だとすれば、カロリーは高いかもしれない。でも惹かれる。だからこそ惹かれる。

届けられたハイボールを一口飲んで、鈴央が言う。

「夏子さん。一つお話ししたいことが」

「はい」

何だろう。ちょっと不安になる。前にも同じことがあった。見合が父の紹介だと聞かされたときだ。あのときは、そんなことか、と思った。大きなことであったにもかかわらず。今日もそうであればいい。

「さっき映画を観てるあいだ、ずっと考えてました。いや、ずっとではないですね。映画はちゃんと観てたんですけど、合間合間に考えました。鷲見翔平がサンドバッグにパンチを打ってるときとか、ヘリで空を飛んでるときとかに」

「ストーリーがあまり動かないとき、ですか」

「そうですね。だから、映画は観てました、ちゃんと。でもその前は、何日かずっと考えてました。仕事中も、仕事を終えてからも。すいません。前置が長くなりました」鈴央はハイボールをゴクリと飲んで言う。「仕事をやめてもらったりは、できませんか?」

「はい?」

「タクシードライバーの仕事を、やめてもらうわけにはいきませんか?」

「えーと」わたしも生グレープフルーツサワーをゴクリと飲んで言う。「どうしてでしょう」

「ぼくが夏子さんと真剣に付き合いたいからです。はっきり言ってしまうと、いずれ結婚したいからです」

唐突にその言葉が出た。見合で知り合ったのにこれまでは出なかったその言葉が。スポンと。

「おかしなことを言ってるのはわかってます。自分勝手なことを言ってるのもわかってます。本当に、その自覚はあります。でもやっぱり、お願いしたいです」

「お願い」

「はい。こないだ、タクシーで被害に遭われた話をしましたよね。何でしたっけ、えーと」

「駕籠抜け」

「それです。その話を聞いて、考えちゃいました。聞いたときは何とも思わなかったんですよ。いや、何とも思わなかったというか、大変だなぁ、そういうこともあるんだなぁ、というくらいにしか思いませんでした。でもそのあと、考えるようになりました」

「何を、ですか？」

「そういうことはこれからもあるんだろうなぁ、と。今回は運よくそれですんだだけなんだろうなぁ、と」

「これからはないと思います。あのときは、わたしの甘さが原因でしたし。身分証とかを預かろうとしなかったわたしが悪いんですよ。それをちゃんとやってたら、ああはならなかったはずです」

「でもちがうことになってた可能性は、ないですか？」

「ちがうこと？」

「強引に逃げられたりとか。例えば刃物を見せられたりして」

「それはないですよ。相手は女性でしたし。そういうタイプではなかったです」

「その人はそうだったかもしれません。確かに、夏子さんが身分証のことを言いだしてたらあきらめてたのかもしれません。ただ、それ以外に。強盗に遭う可能性だって、ありますよね」

「それは、あります。ないとは言えないです。でもドライブレコーダーはずっと作動してますし、GPSで居場所も認識されてます」

「だとしても。たぶん、強盗は強盗をしますよね。一週間ぐらい前、九州でもそんなことがありましたよ」

「あった、んですか？」

「はい」

「それは知らなかったです」

「未遂に終わったから、大したニュースにはならなかったみたいです。ぼくもネットで見ただけですし。正直に言うと、自分から探しにいっちゃいました。そういうことは起きてないのかなと、気になっちゃって」

「未遂なら、起きなかったわけですよね？」

「でも起きつつあったというか、起ころうとはしてたということですよ。そんなことをする人はやっぱりいるということですよ。ドライブレコーダーがあっても、ＧＰＳがあっても」

「いることはいると思います。コンビニ強盗だって、いるわけですし。そういう危険があるのはどの仕事も同じですよね？　例えば昼間の郵便局にだって、強盗は入りますし。わたしも最近ニュースで見ましたよ。今も郵便局強盗なんているんだ、と思いました」

「郵便局なら、郵便局員が一人でいるわけではないですよね」

「でもそれは逆に言うと。一人だから狙われるわけでもないということですよ」

言いながら、理屈としては弱いな、と思う。

予想どおり、こう言われる。

「一人ならもっと狙いやすいですよ。しかもその一人が女性なら。と、そんなようなことを、何か考えちゃうんですよ。あの話を聞いてから。どうしても想像しちゃうというか」そして鈴央は続ける。「例えばぼくらが結婚したとしますよね」

サラッとそんなことを言われ、ドキッとしつつ、こう返す。

「はい」

「ぼくは午後七時ごろに帰ってきて、夏子さんが仕事の日は一人で寝ます。そのとき、絶対に考えちゃうと思います。今、夏子さんは一人で車に乗ってるんだなぁ、だいじょうぶかなぁって。今はだいじょうぶでも一時間後はだいじょうぶじゃないかもしれないよなぁ、明日もあさってもそうなんだよなぁって」

「慣れる、んじゃないですかね」

「慣れないと思います。慣れるのもいやですよ。慣れるっていうのは、つまり心配しなくなるっていうことですよね。あれ、何か夏子さんのことをあんまり心配しなくなったな、と気づいたら、それはそれでいやですよ」

「夫婦ってそういうものなんじゃないですか？　って、わたしもよくわかりませんけど」

わからない。父と母を見てはいたが、わからない。

二人は心配し合っただろうか。心配し合い、もう心配したくないから別れた、のだろうか。そうではないような気がする。でもそういうこともあり得るかもしれない。細やかな鈴央が夫なら。

「働いてほしくないということではないんですよ。家庭を守ってほしいとか、そういうことではまったくないです。タクシードライバーは立派な仕事だと思ってます。ぼくにはできないから、なおのことそう思います。ぼくはタクシードライバーの夏子さんに惹かれました。室山先生から話を聞いて、感心して、興味を持って、会ってみたいと思いました。会ってよかったと思いました。こうなれて、すごく喜びましたよ。もしかしたらうまく伝わってないかもしれませんけど、ぼくはものすごく喜んでます。もう、毎日喜んでます。でも喜びが大きい分、不安も大きくなっちゃって。喜びも自分では抑えられないけど、不安も自分では抑えられないんですよ。そのうち不安のほうが大きくなっちゃうような気もして。だから、ここ何日か、ずっと考えました。で、言おうと決めました。お願いはしてみようと」

「お願い」とわたしは再度言う。

「はい。わかってます。自分は本当にひどいことを言ってると。身勝手なことを言ってると」

　氷が解けて薄くなった生グレープフルーツサワーを一口飲む。

　ふと思いついたことを言う。

「それは、父に言われたわけじゃないですよね？」

「はい？」

「わたしに仕事をやめさせるよう、父に頼まれたわけじゃないですよね？」

「あぁ。もちろん、ちがいます。そう思いますか？」

「思いませんけど」

「これはあくまでもぼく自身の希望です。室山先生は関係ないです。室山先生はそんなことをぼくに頼むような人じゃないですし」

希望、という言葉が何故か耳に残る。未来に対する期待や明るい見通し、というほうの意味ではない。単なる願い、要望、に近い意味での、希望。

わたしは、仕事をやめることを希望されたのだ。好きになりかけてる人、自分を好きになってくれた人に。自分も好きになった人に。いや、どうだろう。好きになりかけてる人、なのか。

鈴央が言ったことはすべて事実だと思う。鈴央は父にどうこう言われたわけではない。父に礼を尽くしてるだけだ。父の娘であるわたしを適当に扱いたくない。だからこそ、わたしの退職を希望する。わたしと真剣に付き合いたいから、いずれ結婚したいから希望する。気持ちは伝わる。伝わるから、わたしもいやな気はしない。でもそれとはちがうところで、複雑な気持ちにはなる。

わたしがタクシードライバーでなければ何の問題もなかった。いや、でも。わたしがタクシードライバーでなければ、鈴央がわたしに惹かれることもなかったかもしれない。タクシードライバーでなくても、鈴央はわたしと見合をしただろうか。室山先生の娘ということだけで、会いはしただろうか。

「今決めてほしいとは言いません」と鈴央は言う。「でも考えてはほしいです。ぼくが軽い気持ちで言ったのでないことは、わかってほしいです」

「それは、わかってます。そこまで考えてくれたことはうれしいです」ついこうも言ってしまう。「あの話、しなければよかったですね」

「はい？」

「駕籠抜けの話」

「あぁ。してくれてよかったと思いますよ。むしろ早いうちでよかった。いつかぼくはこうなってたはずなので」

実際、そうなのだろう。あの話はきっかけになっただけ。あの程度でそうなのだから、テレビでタクシー強盗のニュースを見たら一発だろう。

考えてみる。

もしもタクシードライバーでなくなったら、わたしは何をするのか。

二種免許を活かせるほかの仕事をするのか。一念発起してほかの資格でもとるのか。会社で事務をするのか。母のような販売員になるのか。なれないだろうなぁ、母のようなスーパー販売員には。

「もう一度だけ、いいですか？」と鈴央が言う。「さっきはあっさり言っちゃったから、きちんと言いたいです」

「はい」

「ぼくは本当に夏子さんが好きです。結婚したいと思ってます。夏子さんがぼくの希望を聞き入れてくれるならすぐにでも。本気でそう思ってます。今、こんなことをすらすらしゃべってる自分に驚いてます。本気で思ったことなら言えるんだなと、そういう意味で驚いてます。本気で人を好きになったことがなかったんでしょうね。何か、一方的にあれこれ言っちゃってすいません。でも今日は言っちゃおうと思って。言うなら一気に全部言っちゃおうと思って。居酒屋で言うことでも、ないのかもしれませんけど」

居酒屋で言うしかないよなぁ。と思う。映画館では無理。路上でも無理。地下鉄の車内でも無理。居酒屋。四人掛けのテーブル席に二人。ベスト。

今日が金曜なら、四人掛けの席を二人でつかわせてはもらえなかったかもしれない。当たり前にカウンター席に案内され、お互いの顔を見ないで話すことになってたかもしれない。

わたしはメニューをぼんやり見る。

「何か頼みましょう」と鈴央が言う。

「お好み風って書いてありますけど」とわたしは言う。「山いもなら、カロリーは低いんですかね」

抜き打ちで試されてたことが判明した。接客態度をチェックされたのだ。いわば覆面調査員に。

常日頃それが行われてることは知ってる。隠すことではない。ドライバーは知っておくべきなのだ。知ってるからこそ、いろいろ気をつけるようになる。

朝、出勤したら、香西宏彦（こうざいひろひこ）さんに呼ばれた。営業所の課長だ。前に警察署に同行してくれた友部さんの上司。そしてわたしはチェックされてたことを知らされ、簡単な指導を受けた。

「シートベルトは、お客様が完全にシートに座ってから、締めるようお願いしたほうがいいかな。そのほうが聞き入れてもらいやすいからね。まだ腰を落ちつけてない状態だと、お客様が聞き逃すこともあるし」

「わかりました」

「お金の受け渡しとか、そういうのはだいじょうぶみたい」

「よかったです」

「ただ、会話はもう少し抑えたほうがいいかもしれない。話しちゃダメということではなくてね。お客様に話しかけられたら応じるけど、そのあと自分から別の話題を振ったりはしなくていい、ということかな」

「あぁ。はい」

　わたしの悪いところだ。お客さんが話してくれると、乗ってしまう。自分から、これについてはどうですか？　みたいなことを言ってしまう。

「それだけ。大きな問題はないけども。一応、お伝えしておきます」

「ありがとうございます」

「今日もがんばって」

「はい」と言ったあとに続ける。「あの」

「ん？」

「こないだのあれがあったからですか？」

「何？」

「去年のあの駕籠抜けがあったから、わたしがチェックの対象になったんですか？」

「あぁ。そういうことではないよ。チェックは年中してるし。あれがあったから高間さんが選ばれたってことはないと思う」

「そう、ですか」

「何にせよ、いつもどおりやるべきことをやってれば問題ないから。チェックを気にすることはないよ。気にしたところでわからないわけだしね、いつどこで誰にチェックされたのか」

「わかりませんでした。ちっとも」

「わかっちゃったらそのほうが問題だから。じゃあ、がんばって」

「はい。ありがとうございました」

そして頭を下げ、わたしは自分の車に向かった。

香西課長はああ言ったが。やはりわたしが選ばれたのだと思う。ＧＰＳで居場所は認識されてる。特定のドライバーをチェックすることも可能だろう。例えば休憩を終えるのを待って、そのあと一番に手を挙げればいいのだから。

とにかく。大きな問題がないならよかった。ほっとした。

ほっとしたところをさらに狙い撃ち、みたいなこともあるかもしれないので、その日は慎重になった。

お客さんに話しかけられても、ただ応じるだけ。自分から別の話題を振らないよう気をつけた。天気いいね、と言われたら、いいですね、と返すだけにとどめた。明日は雨らしいですよ、とは言わないことにした。いや、それはいいでしょ、と思いつつ。

表参道で乗せたお客さんを豊洲で降ろした。それが午後一時半。

ならばと営業所に戻り、社食で昼ご飯を食べた。

寒いので、うどんにした。久しぶりのカレーライスにも惹かれたが、温かい汁もの、であることを優先させた。

それで体も温まり、社食を出る。自販機でペットボトルの温かい緑茶を買い、テラスを覗いてみた。水音さんがいないかなぁ、と思ったのだ。

寒くても、水音さんは十分ぐらいならテラスに出る。暖房が嫌いなのだ。気持ちはわかる。タクシーの車内でも暖房はつけっぱなし。いずれ乗ってくれるお客さんのために、空走りのときでも常に暖かくしておかなければならない。たまには外の空気を吸いたくなる。

真冬。テラスには、ほとんど人の姿はない。そう。ほとんど。一人だけ、いた。テーブル席のイスに座ってる。道上さんだ。コワモテの道上剛造さん。元スジ者ではと噂される、あの人。

ちょうどテラスに出るところを見られてしまった。水音さんを探しに来ただけなのだが、道上さんはそんなこと知らない。これですぐなかに入ったら、不審に思われてしまう。道上さんがいたから戻ったと思われてしまう。

道上さんは五十代の男性で、わたしは二十代の女。戻ったところで不自然ではないが。いい機会、かもしれない。

父世代とはいえ、道上さんは同じドライバー。同僚だ。いつもあいさつをするだけ、でなくていい。あいさつをしてるなら、しゃべればいい。自分から話しかければいい。

わたしは道上さんのもとへ向かい、言う。

「あの」

道上さんは無表情でわたしを見る。

「ん？」

「座っても、いいですか？」

驚くかと思ったが、道上さんの表情は変わらない。

「いいよ」

わたしはイスに座る。背もたれにはもたれずに、ちょこんと。緊張してるのだ。歳上の前だからではなく、道上さんの前だから。

いただきますを小声で言い、ペットボトルのキャップを開けて、緑茶を飲む。あぁ、とやはり小声で言う。おいしい、までは言わない。そこまでやると、かまってちゃんになってしまう。

道上さんは何もしてない。何も飲んでないし、本や新聞を読んでるわけでもない。スマホやガラケーを見てるわけでもない。ただイスに座り、風景を見てる。周りの建物を見てるのか、空を見てるのか。ざっくりと町を見てるのか。

横顔をチラッと見る。やせてる。地黒で、皮膚は厚い感じがする。しっかりとしょうゆが染みた厚焼きせんべいみたいな感じ。

そう言ったら怒られるかな、と思う。まあ、怒るか。道上さんに限らない。誰だって気を悪くするだろう。初めて話す小娘に、厚焼きせんべいみたいですね、なんて言われたら。

「やられたのか」と道上さんがいきなり言う。

「はい？」と訊き返してしまう。

「駕籠抜けを、やられた？」

「あぁ。はい。知ってますか」

「聞いた。城内さんから」

城内さん。所長だ。

「どうやられた？」

わたしは経緯を説明した。かなり細かく。

五反田駅の近くでお客さんを降ろしたこと。それを見てた新たなお客さん、出浦沙緒に声をかけられたこと。車内では訊かれるままにあれこれ話したこと。調子に乗って、タクシードライバーになるきっかけまで話したこと。東神奈川のマンションの前で、お金が足りないと出浦沙緒が言いだしたこと。とってくるから待っててとも言ったこと。身分証やスマホを預かるべきなのにそうしなかったこと。出浦沙緒は戻ってこなかったこと。様子を見に行き、やられたと気づいたこと。あきらめて営業所に報告したこと。

道上さんは黙ってわたしの話を聞いた。ちょっと楽しそうにだ。

「犯人がすぐにわかったのはよかったですけど、所長には甘かったと言われました。自分でもそう思います」

「今駕籠抜けをやるとは、思わないもんな。撮影もされてるのに」

「はい」

「でもやるやつも、いるんだな」

「はい」

わたしは緑茶を飲む。ペットボトルのキャップを開け、一口飲んだらすぐ閉める。緑茶が早くも冷めかけてることがわかる。それはそうだろう。真冬の屋外。冷蔵庫にいるようなものなのだ。

「道上さんなら、どうしてましたか?」と尋ねてみる。

意外な答が返ってきた。意外も意外。超意外。

「だまされてたな」

「え?」

「おれも姉ちゃんには弱いから」

「あぁ」

「姉ちゃんと言うのは、あれか、セクハラか?」

「いえ。わたしはだいじょうぶです。姉ちゃん、オーケーです」

「そうか。よかった」

「でも。道上さんが、だまされてました？」

「だまされてた。おれも、身分証がどうとか、そんなことは言わなかったと思うよ」

「その前に。ドライバーが道上さんだったら、あの人も駕籠抜けをしなかったような気がします」

「いや、してたよ。むしろカモだと思ったかも」

カモだと思ったかも。そのダジャレについ笑いそうになったが、こらえた。道上さんが意図したものではないようだから。

「もしそうだとして。営業所への報告は、しましたよね？」

「たぶんな」

「わたしは、一瞬、迷いました。ほかの人たちには知られたくないなと思って。自分でお金を出しちゃおうかとも思いました」

「おれなら、そんなことで一万いくらも出そうとは思わないな。それがいやだから報告する。周りが何を思うかは、どうでもいい」

道上さんならだいじょうぶ。あの人駕籠抜けされたらしいよ、なんて言う人はいないだろう。言ったことがバレたら、半殺しにされてしまうから。

いや。されるのか？　ついそんなことを言ってしまったが。道上さんは、人を半殺しにする人なのか？

思いきって、言ってみる。

「道上さんて」

「何だ?」

「こわいですよね」

「こわいか?」

「こわいです。よく言われませんか?」

「言われないな」

「みんな、こわくて言わないんだと思います」

「そうか。言えばいいのにな、言いたいことは」

「言えませんよ」

「姉ちゃんは言ったろ」

「すいません」

「話してて、こわいか?」

「いえ、今はもう」と言ってはみたが。続けてしまう。「でもやっぱりちょっとこわいです」

「それは、おれのせいだな。姉ちゃんのせいではない」

「道上さんのせいというわけでもないような」

「おれはこわがられてるか」

「多少」

「何と言われてる?」

「えーと」マズいだろう、と思いつつ、言う。「元スジ者ではないかと」

「おぉ」道上さんは初めてはっきりと笑う。「そこまで言われてるか」

「といっても、別に悪口ではなく。そんなふうに見えないこともないよね、というような感じで。あくまでも感想というか何というか」

「まあ、着替えるときに見られてはいるからな。肩の傷を」

「傷、ですか」

「傷というか、痕だな」

「痕」

「それを、墨を消した痕だと思うのかもな」

「墨」

「入れ墨な」

「あぁ」

急いでキャップを開け、緑茶をゴクリと飲む。キャップを閉めようとしたがやめて、もう一口、ゴクリ。

「スジ者ではないよ」と道上さんは言う。「肩にあるのは火傷の痕。かなりひどい火傷をした。その痕」

「そういうことだったんですね。すいません。何か、すごく失礼なことを言っちゃって」

「いや。失礼ではないよ。近いものはあったから」

「え？」

「スジ者に近いところまではいったから」

「近い、ところ」

「なりはしてないけどな」

そう言われたら、何も言えない。何も訊けない。近いところ。よくわからないが。やっぱりこわい。

「火傷も、いきなり熱湯をかけられたんだ」

「熱湯を？」

「そう。熱かった。そりゃそうだ。沸騰してたはずだから」

言えないし、訊けない。どんな状況になれば人がいきなり熱湯をかけられるのか。かけられると人はどうなるのか。かけられたそのあと、道上さんはどうしたのか。どんな流れでタクシードライバーになったのか。

知りたい、と初めて思う。まさか自分が道上さんのことを知りたくなるとは。

これまでは、避けてきた。こわいからあいさつをしてた。あれは避けるためのあいさつだ。わたしはあなたの敵などではありませんよ、善意に満ちた同僚ですよ。そう示すためのあいさつ。

でも。話してみるもんだ。飛びこんでみるもんだ。声をかけてよかった。今日は水音さんがここにいないでくれてよかった。

熱湯関係のことは訊かない。でもせっかくだから、これは訊いてしまう。

「道上さんて、結婚はなさってるんですか？」

前に目を向けてた道上さんが、ゆっくりとわたしを見る。

「あ、すいません。セクハラでした」

「おれはだいじょうぶ。結婚、オーケーだ」

「よかったです」

「してないよ。今は」

「してたことが、あるんですか？」

「してたことも、ないな」

「そうですか」

「内縁ならある」

「え？」

「内縁関係になってたことなら、ある。あった」

「事実婚、みたいなことですか？」

「今はそう言うのか」

「よく知らないです。その二つがまったく同じではないのかも」

「死んじゃったよ」

「はい？」

「相手」

「あぁ。すいません」

「いいよ。昔のことだ」そして道上さんは言う。「姉ちゃんは、結婚してるのか？」

「いえ。まだ二十三ですし」

「二十三でも、結婚はするだろ」

「する人はするでしょうけど。わたしは去年入社したばかりなので」

「そうか。新人なのか」

知られてない。まあ、そうだろう。わたしは道上さんに興味があるが、道上さんがわたしに興味を持つわけがない。いや、でも。姉ちゃんには弱いのか。

「何でタクシーだ」

「えーと、女性のお客さんが安心してタクシーに乗れるようになったらいいなと思って。それならわたしがドライバーになろうと」

「偉いな」

「いえ、偉くはないです。駕籠抜けもされてますし」

「犯人の姉ちゃんも、安心したから駕籠抜けをしたんだろうよ」

「されちゃダメですよ」とつい軽口を叩く。

「姉ちゃんのタクシーなら、確かに乗りたくなりそうだ」

「わたしがお客さんなら道上さんのタクシーに乗りたいですよ。何があっても守ってくれそうだし。だから、アパートの手前で降りたりはしないと思います」

　本当にそんな気がする。男性ドライバーでも道上さんなら安心。こわいことはこわいが、変な意味で不安がられることはないはずだ。自分がストーカーに狙われてるなら、アパートの部屋に入るまで見ててほしいとさえ思うかもしれない。

「降りるよ」と道上さんはあっさり言う。「みんな、ここで結構です、と言って降りていく」

「そう、ですか」

「そうするべきだ。おれなんかを信用しちゃいけない。だからやっぱり、姉ちゃんみたいな運転手が増えるのはいいことなんだろうな」

「そうなればいいです。もっと増えてくれるといいです」

「そうなったら、おれなんかはクビだな」

「あ、いえ、それは」とうろたえてしまう。「あの、そういう意味で言ったわけでは」

「わかってる。まあ、あれだ。人は、よく見ることだ」

「はい？」

「乗せるお客のことは、よく見ることだ」

「あぁ。はい」

「なかには、タクシーの運転手を下に見るやつもいるからな。そういうやつは、男にも女にもいる」

「そう思いました。今回の件で」

「姉ちゃんは下じゃないぞ。おれは下だけどな」

そう言って、道上さんは笑う。

だからわたしも笑う。

道上さんは下じゃない。そんなわけがない。最高級の厚焼きせんべいだ。デパートにあるようなプレミアムもの。一枚百円とかしちゃうそれ。

一月下旬。屋外。寒い。

でも、何だか悪くない。

# 二月の町田

「運転手さん、結婚してんの？」

「してないです」

「カレシいる？」

「います」

わたしはそんなふうに答える。鈴央と付き合ってそうなった。

お客さんからのこの手の質問に答える必要はない。でも答えないのも案外難しい。はぐらかすと、どうしてもいやな空気になってしまう。

タクシーの車内というのは特殊な空間だ。ドライバーとお客さんは初対面。なのにそんな質問が出る。

同じ乗物でも、電車ならそうはならない。たまたま隣に座った人に、結婚してますか？　とは訊かない。周りの人に見られてるからでもある。ただ、特急電車のような二人掛けの座席でも、なかなかそうはならない。

タクシーでは、なるのだ。一対一というだけでなく、そこにサービスの提供者と利用者という関係が加わるから。

それならコンビニなどの物販店でそうなってもおかしくない。でもお客さんが店員に、結婚してますか？　とは訊かない。お弁当温めますか？　と言われ、はい、そちらは結婚してますか？　とはならない。何故か。時間がないからだ。

タクシーにはそれもある。一対一。サービスの提供者と利用客。時間。三つがそろってしまう。だから、結婚してんの？　が出やすくなる。

このお客さんは、上北沢で乗せた。駅の近くで運よく手が挙がったのだ。上北沢はごく普通の住宅地。駅前が栄えてるわけでもない。本当に運がよかった。

東京の東側、江東区育ちのわたしは、西側の地理に疎い。上北沢という名は聞いたことがあったが、当然のように下北沢の近くだと思ってた。かなり離れてることを知ったのは、タクシードライバーになってからだ。

そうしたことはよくある。大泉学園に大泉学園大学や大泉学園高校はないのか、と驚いたり、でも大泉学園幼稚園や大泉学園保育園はあるのか、と驚いたり。

で、今はその大泉学園の近く、石神井（しゃくじい）公園に向かってる。どちらへと尋ねたら言われたのだ。石神井公園、と。駅でよろしいですか？　いや。公園そのものを目指して。

その言い方で、高砂北公園まで乗せたお客さんのことを思いだした。この人はだいじようぶかな、と思った。吐かないかな、と。

男性。見た感じ、二十代後半。よくしゃべる人だ。

行先を訊く前にこう来た。

「お、すげえ。女の人。しかも若いじゃん」

そして走りだしてすぐにあれが来た。

「運転手さん、結婚してんの？」

「してないです」

「カレシいる？」

「います」

「あ、いるんだ。言っちゃうんだ」

そっちが訊いたんでしょ。とは、もちろん、言わない。カレシがいることを明かすのは防御策でもあるのだ。誘われないようにするための。

「カレシ、何してる人？」

「普通に働いてます」

「普通にって？」

「えーと、勤めてます」

「会社？」

「まあ」

そこはぼかす。わざわざ、公務員です、とは言わない。

お客さんはグイグイ来る。

「何の会社?」

「サービス業、なんですかね」

「何のサービス?」

「業務内容までは、わたしもよく知らないんですよ」

「サービスって、何かあやしいなぁ。サービス業って言葉がそもそもうさん臭いよね。サービスじゃない業なんてないだろって、いつも思うよ」

こういうお客さんもいる。そんなには困らない。聞きたがる人のように見せて、実はしゃべりたい人だからだ。相づちさえ打っておけば、話は勝手に進んでいく。

何もしゃべらないお客さんのほうがむしろ難しかったりする。行先を言ったあとはひたすら沈黙。楽は楽だが難しい。

人によっては、こちらの道でよろしいですか? という質問にさえ答えない。それはあせる。直進か、右折か。迷ってるうちに交差点に入ってしまう。しかたなく直進する。直後にボソッと言われたりする。右だろ、とか、道知らないのかよ、とか。

しゃべりたい人の本領を発揮して、お客さんが言ってくる。

「運転手さんさ、おれは何をしてる人だと思う？」

　この質問もたまにある。これは結構困る。答えようがないのだ。こう言うしかない。

「さあ。何でしょう」

「役者」

「あ、そうなんですか」

「まだ売れてないけどね」

　まだ。これから売れるということだろう。

「劇団でお芝居をやられてるんですか？」

「まあね」

　まあね、はあやしい。自ら役者だと言ったのだから、どこかに所属してるなら劇団名も言いそうなものだ。自称役者、かもしれない。

「役者さんは大変でしょうね」と無難に言う。

「タクシーの運転手さんほどじゃないよ」

「いえいえ」

「そもそも、楽にやれる仕事なんてないんだろうな。プロの雀士（ジャンし）だってデイトレーダーだってユーチューバーだって、楽ではないはずだし。ユーチューバーの芝居とか、今度やってみるかな」

「おもしろそうですね」

「でもとっくにどこかの劇団がやってるか。よかったら、今度観に来てよ、芝居」

とそこまで言うからには本物なのか。

と思いつつ、言う。

「わたしは夜は仕事なので」

柳下治希のときもこうした。その気がないことを示す。脈ありと思われたら困るから。

「でも休みはあるでしょ?」

「休みは寝てますし」

「ずっと?」

「に近いですね。夜も動くと、体は疲れますので」

午前〇時。環八通りを北上する。京王井の頭線の高井戸駅のわきを通り、ＪＲ荻窪駅の近くで線路をくぐる。

車ならこうして環八通りをつかえるが、この辺りは南北を結ぶ鉄道路線がない。だからタクシーは重宝される。こんなふうに終電が出る前でもそこそこの距離を乗ってもらえることがある。ありがたい。

西武新宿線の井荻駅へ向かうところで、お客さんが言う。

「昔のタクシーって、運転席とこっちのあいだに透明な板みたいなのがあったじゃん。

防犯対策みたいなやつ。あれ、今はもうないの？」

「車によってというか、会社さんによってはあると思います」

「あっても意味ないか。本気で来られたら、どうしようもないよね」

そうですね、とも言えないので、こう返す。

「役に立たないことはないと思いますけどね」

でも本気で来られたら無理だろう。お金のやりとりをしなければならないから、すき間はたっぷりあるわけだし。

「強盗に遭ったことある？」

「ないです。幸い」

「そんなにあるもんじゃないか。牛丼屋とかと同じで割は悪そうだもんな、強盗にしてみれば」

「そう、でしょうね。お店に防犯カメラがあるみたいに、こちらにはドライブレコーダーがありますし」

「だよなぁ」

井荻トンネルには入らず、手前で八丁通りに移り、踏切で線路を渡る。

「そろそろ石神井公園も近いですけど。どうしますか？」と尋ねる。

「図書館のとこまで行って」

ナビの画面を見て言う。

「えーと、石神井図書館ですか?」

「そう」

向かう。

石神井川を渡ったところで言われる。

「その信号、左」

「はい」

左折。

図書館と小学校のあいだの細い道に入る。細いが、中央線は引かれてる。車二台が楽にすれちがえる。

少し進んだところでまた言われる。

「じゃあ、この辺で。ガードレールが途切れてるとこなら停まれるでしょ」

「はい」

停まる。フットペダルを踏み、サイドブレーキをかける。

小学校の裏門みたいな場所。もちろん、門は閉まってる。

図書館と小学校のあいだの道。この時間、人はいない。誰も歩いてない。

料金を告げる。深夜割増で、五千円弱。悪くない。

のだが。

反応がない。

眠ってしまったのかと、そちらを見る。バックミラーでではなく、振り向いて。直接。

お客さんは助手席の後ろからこちらを見てる。すでにシートベルトは外してる。

いやな予感がする。お金が足りないと言いだされるのではないか。駕籠抜けの悪夢が頭をよぎる。

今度は絶対に身分証を預かろう。そう決める。

そしてやわらかく、どうしました？　という感じに首を傾げてみせる。

お客さんはやや身を乗りだして言う。

「金出して」

「はい？」

「金」

「え？」

言葉に詰まる。その先が出ない。

お客さんは完全に身を乗りだしてはいない。顔をこちらへ寄せてる程度。わたしとのあいだには備付けの釣り銭トレーがある。お金をやりとりするためのトレーだ。

空気が固まる。うそでしょ？　と思う。あんな話をして、これ？　あんな話をしたからこその、これ？

確かに、こんな場所で車を停めさせるのはおかしい。図書館と小学校のあいだ。近くに家はないのだ。人を呼ぼうにも声は届かないだろう。狙い、だったのか。

タクシーにはSOSサインがある。そう表示させることができる。が、表示させたところで、周りに人がいなければ意味がない。

わたしはお客さんの顔を見る。

お客さんもわたしの顔を見る。

ダメもとで叫ぼうか。声は届かなくても、お客さんは怯むかもしれない。

まさに口を開こうとしたところで、お客さんが言う。

「なぁんてね」

は？　とわたしが言うのは頭のなかで。声にはならない。

「うそ。冗談だよ。本気にした？」

まだ何も言わない。

「あんな話をしたからさ。びっくりするかと思って。自分の演技力を試してみようとも思って。それっぽかったでしょ？　強盗って、案外こういう感じになりそうだよね」

何だ、それ。いい大人がやることとか。

ちょっと体が震える。涙が出そうになる。

カレシがいるとわたしはこの男に言った。そのカレシに、タクシードライバーの仕事はやめてほしいと言われてるのだ。危険な目に遭うかもという不安がどうしても拭えないからやめてほしいと。あなたとの結婚を真剣に考えてるからやめてほしいと。

そこへ、これ。

ふざけんなよ！　クソ野郎！

その二つの言葉、口にしてしまってもいいかな、と思う。が、ぎりぎりのところでとどまる。気持ちを抑えて言う。

「そういうの、やめてもらえますか。冗談でも、やめてもらえますか」

お客さんが少し驚いた顔でわたしを見る。

何を驚いてるのか、と思いつつ、わたしは言う。

「通報されてもおかしくないですよ。そうされても、文句は言えないですよ」

「あぁ。ごめん」とお客さんは言う。「ほんとに冗談だよ」

「もう二度としないでください。ほかのタクシーでも、絶対にしないでください」

お客さんが財布から五千円札を出し、釣り銭トレーに置く。

わたしはお金を頂き、釣り銭を返す。それはトレーに置くのでなく、手渡しする。いつもそうなのだ。トレーに置くのは失礼のような気がするので。

「ありがとうございました」と言って、後部左のドアを開ける。

お客さんが降りるのを待って、閉める。

前方へ歩いていくお客さんの後ろ姿をフロントガラス越しに見ながら、わたしはふっと短く息を吐く。鼓動が速まってることに気づく。初めてそれを意識する。

何なのだ。本当に、何なのだ。

長く停まってるのも変なので、車を出す。お客さんを追い抜き、石神井川を渡ってすぐ左折、もと来た道に戻る。

そして新青梅(おうめ)街道を流す。

お客さんを乗せられれば乗せるし、乗せられなければそのまま目白へ行く。目白ならどうにかなるかもしれない。ならなければ、池袋へ。そんなプランを立てる。

その後、二人のお客さんを乗せたが、どちらも長距離とまではいかなかった。

でも、まあ、よしとして、午前四時に営業所に戻った。

洗車スペースには姫野さんがいた。空いてた隣に駐め、車から降りる。

姫野さんの顔を見た途端、口から言葉が溢れ出た。三時間以上前に石神井公園の近くであったことを、わたしはすべてぶちまけた。

上北沢でそのお客さんを乗せたこと。よくしゃべる人だったこと。自分は役者だと言ったこと。自称役者だとわたしは思ったこと。石神井図書館のわきで車を停めたこと。金出して、と言われたこと。わたしは本気にしたが、冗談だったこと。そんなことは二度としないでほしいと言ったこと。お金はちゃんともらえたこと。でもモヤモヤは残ってること。残りまくってること。

話を聞いた姫野さんがまず言ったのは、こう。

「上北沢なのに役者か」

「はい？」

「下北沢なら役者っぽいけど、上北沢でも役者。結構いるんだな、役者」

それは流してわたしは言う。

「ほんと、何なんですかね。勘弁してほしいですよ。言ったほうは冗談でも言われたほうは冗談ととらないことが、わからないんですかね」

「聞いてて思ったんだけど」

「はい」

「それさ、冗談ではなかったんじゃね？」

「え？」

「本物だったんじゃねえの？」

「まさか。だって、凶器は出しませんでしたよ。ナイフとか」

「それは保険だよ」

「保険？」

「さすがに凶器を見せたら完全にアウトだろ。あとで冗談だと言っても無理。誰もそうはとらない。だから、まずは凶器なしで試したんじゃねえか？　これでいけたら儲けもん、くらいの感じで」

「凶器を持ってはいたってことですか？」

「ああ。高間の出方次第ではつかうつもりでいた。お前の反応を見て踏みとどまったんだよ。やめとこって」

「どうしてですか？」

「お前、怒ったんだろ？」

「怒ったのは、あとですよ。なぁんてね、と言われたあと」

「でも怯んではいないのがわかったんだろ。それで出鼻をくじかれたんだよ。予想とちがった、みたいなことで」

「やめますか？　それで」

「やめるだろ。無理してその車でやんなくてもいいわけだから」

「でも。自分で言うのも何ですけど。せっかく女のドライバーに当たったわけですし」

「凶器を持ってんなら男も女も関係ねえよ。おれだったら、たぶん、ほいほい金渡しちゃうし。自分の財布の金も渡しちゃうな」

「うーん」

「まずさ、車を停めた場所が、やっぱあやしいだろ。図書館と、何、小学校のあいだ?」

「はい」

「そんなとこで降りてどうすんだよ。小学校か図書館に盗みに入るとか?」

考えて、言う。

「本物。ですか?」

「そうだった可能性はある。かなり高いな。お前、マジであぶなかったのかもしんないぞ。変にこわがるそぶりを見せてたら、勢いづかせてたかも」

「役者でも、ないんですかね」

「それはうそっぽいな。演技力を試すとかってのも、とってつけた感じだし。その前にそう言ってたから、つかったんだろ。まあ、ちょっとかじったりは、してたのかもな。で、話を盛ったんだろ」

「強盗をする前に、そんなことします?」

「もしかしたら途中で思いついたのかも。それこそ、女性ドライバーだからってことで」

わからない。わからないが。言われてみればそんな気もする。

わたし自身、金出して、と言われたときは本気にしたのだ。結果、ああなった。確かに、ごまかしたようにも思える。

よかった。また駕籠抜けのときのようなことにならなくて。ちゃんと五千円もらえて。

それにしても。強盗。

ほんとに？


今日は昼間から長距離。新宿から町田。

これは大きい。昼なので深夜割増はつかないが、だからこそ大きい。電車が普通に走ってる時間なのに、この距離。新宿から町田は、小田急線一本で行けるのだ。快速急行で乗り換えなしなら、たぶん、三十分ぐらい。料金も四百円いかないはず。

それを、タクシー。高速道路をつかっても一時間ぐらいはかかるし、料金も一万四千円ぐらいはいく。首都高と東名の料金も加えれば、一万五千円を超える。

陽が高いうちからこういうのがあると、本当にありがたい。後半の気持ちがちがうのだ。ゆとりが出る。ガツガツしなくてすむ。

お客さんを乗せたのは、明治通りでだった。タクシーを拾いやすいようそちらに出てくれたという。そこへわたしが通りかかった。通りかかれた。

六十代ぐらいの男性。スーツ姿。正直、期待はしなかった。その歳の人は近場でも夕クシーに乗ってしまうことが多い。例えば新宿の東口側から西口側へ行くだけ、なんてこともある。

せめて営業区域ギリの三鷹ぐらいまでは行ってほしいなぁ、と思ってた。それが。まさかの町田。営業区域外。はい、と返事をする声は、恥ずかしながら上ずった。はい。たった二音なのに。

行先は、町田駅の近くにある家電量販店。町田には何度か行ってるので、そこにその店があることは知ってる。

高速道路を利用してもよろしいですか？　と尋ねると、もちろん、と答が来た。

そこで、初台南から首都高速中央環状線に入り、首都高速3号渋谷線に移った。

そのあたりでお客さんが言う。

「運転手さん、若いね」

「はい」と返す。

「最近は、運転手さんみたいに若い女性のドライバーさんもちらほら見るようになったよね」

「そうだと思います」

その言葉で、タクシーによく乗る人なのだとわかる。若い女性ドライバーの車に当たる確率はかなり低い。それでも当たることがあるぐらい頻繁に乗ってるということだろう。

「失礼だけど。二十代でしょ？」

「はい」

「ここまで若い人は初めてだ。何かうれしいね」

「ありがとうございます。そう言っていただけると、わたしもうれしいです」

このあいだの抜き打ちチェック。結果を受けて、香西課長に言われた。自分から別の話題を振ったりはしなくていいと。

でも話しやすそうなお客さんなので、つい自分から言ってしまう。

「ご不安じゃありませんか？」

「ん？　どうして？」

「ドライバーとしてのキャリアがないので」

「だいじょうぶ。まずね、僕は女性ドライバーのほうが好きなんだ。って、これ、別に変な意味ではなくてね。女性のほうが気をつかって運転してくれるから、安心できるんだよ。初めはそんなこと思わなかったけど、何度か女性の車に乗ってみて、そう思うようになった。でも何、その歳だと、中途じゃなく、初めからタクシー会社さんに入ったの？」

「はい。去年からです。まだ新人です」

「おぉ。そうなのか」

「それでも、だいじょうぶですか？　ご不安ではないですか？」

「全然」

「よかったです」

「二種免許を持ってるわけだから、新人さんといっても、大卒だよね？」

「はい」

「そうか。ここ数年、タクシー会社さんも新卒の採用に力を入れてるんだね」

「ご存じですか？」

「うん。たまに新聞の記事なんかで見るよ。これからはそうでなきゃダメだろうね。タクシードライバーのイメージも、ドライバー自身の意識も変えていかなきゃいけない」

「はい」

「って、ごめんね。業界の人間でもないのに、偉そうなことを言った」

「いえ。確かにそうなんだと思います」

「今でもだいぶ変わったとは思うけどね。こうやって若いドライバーさんも増えたし。そういう人たちが慣れてくれれば、全体的に変わっていくでしょ」

「わたしも早く慣れたいです」

「いやぁ。運転手さんはもう慣れてるよ」

「慣れてないですよぉ」とつい気安く言ってしまい、あわてて言い直す。「失礼しました。慣れてないです」

「ほら、そういうとこ。うまいよ。人あしらいに慣れてる」

「いや、まさか」とまた気安く言ってしまい、またあわてて言い直す。「失礼しました。慣れてないです」

結果、まったく同じ言葉をくり返してしまう。バカなのか、わたし。

「今から行くとこね」とお客さんが言う。「電器屋」

「はい」

「運転手さん、行ったことある？」

「町田のお店は、ないですね」

「ほかは？」

「行ってます。都内にいくつもありますもんね」

「うん。どこかの店で買物したことは？」

「ありますよ。ポイントカードも持ってます」

「あ、そう」

「初めて大きい買物をしたのがそのお店なんですよ。パソコンを買いました。そのときにカードをつくって。それからはずっとそこで買ってます。見事に縛られちゃってます」

「縛られちゃってる、か」とお客さんが笑う。

「数を増やしたくないのでカードはそんなにつくらないほうなんですけど。家電はつくっちゃいますよね。大きい買物をしたらつくポイントも大きいから。十万円のものを買ったら一万円分のポイント。それは捨てられないです。店を分けるのもバカらしいですし」

「そうだよね」

「だからある程度以上の買物のときはそこに行きます。ある程度以上じゃなくても、行っちゃうかな。そこで買えばポイントがつくのにそこで買わないのはもったいない、と思ってしまうので。結局、縛られてます」

「それが店の狙いでもあるからね」

「はい。でもそこはお店自体好きですよ。店員さんが変に声をかけてこないし」

「変に、か」とお客さんがまた笑う。

「何か見てるとすぐに声をかけてくるお店もあるじゃないですか。もうちょっと見てからにしてって思いますよ。用があったら声をかけますから、逃げたりはしませんからって。と言いつつ、買わないときは逃げちゃうんですけど」

「うんうん」

「そこはよそにくらべて対応もいいと思います。親切、というか」

「そうなんだね」

「あ、でもこないだ、ちょっと困ったことが」

「何？」

「洗濯機を買ったんですよ。ウチは広いマンションじゃないから、洗濯機を置くスペースも広くないんですよね。だからあらかじめサイズを計って母と買いに行って」

「おぉ。慎重だ」

「はい。届いてみたら置けなかった、じゃ困りますから。それで、えーと、そう、エルボってわかりますか？　洗濯機の排水口に付けるものなんですけど」

「わかるよ。排水口とホースをつなぐ部品だよね。L字形のやつ」

「それです。そのエルボも一緒に換えるつもりでいたんですよ。ゴム製で、かなりくたびれてたので」

「水が漏れるようになったら困るもんね」

「はい。まさに母がそれを心配しまして。店員さんに説明したら、これなら合うと思います、と持ってきてくれて。でも、それが合わなかったんですよ」

「あらら」

「排水口の蓋みたいなのが一緒になってるタイプで、何にでも合うのかと思ったらウチのには合わなくて」

「大変だ。設置はできたの？」

「それはだいじょうぶでした。もとのエルボがまだつかえたので。でもその新しい部品は余っちゃって。千円ぐらいだからいいかとも思ったんですけど。新品をそのまま捨てる気にはなれなくて。幸い、袋から出してはいなかったんで、返品しに行きました」

「うん。そのほうがいい」

「お店は応じてくれて、お金も返ってきたんですけど。買うときにもうちょっとくわしい説明があってもよかったかなと、思っちゃいました。頻繁に換えるものでもなくて、こちらは全然わからないので」

「確かにそうだね。それはきちんと調べてご案内するべきでした。失礼しました。申し訳ない」

「はい？」

「店を代表して、お詫びします」

「え？　いや、あの」

「わたし、こういう者です」

そう言って、お客さんが釣り銭トレーに何かを置く。

チラッと見れば。名刺だ。扇通臣、と書かれてる。

「運転中にすみません。あとで見て」

「はい」

高速道路なので信号がない。停まれないのだ。だからすぐには見られない。

「オウギミチオミと言います。社長を務めさせていただいてます」

「えぇ〜っ」とそこでも気安く言ってしまう。声を上げてしまう。「社長さん、でいらっしゃいますか」

「一応」

「お店、というか会社全体の」

「はい」

「あぁ。何か、すいません」

「いえいえ。謝るのはこちらですよ。本当にすみませんでした。ご迷惑をおかけしました」

「いえ、全然。あの、そんなつもりじゃないんです。苦情のつもりでは、まったくないです」

「わかってます。でもお話を聞けてよかった。そこまでの細かいことは、わたしの耳になかなか届かないもので」

「でもやっぱりすいません」

「いやいや。こちらこそ、隠してたみたいになってすみません。そのことも謝ります」

そして扇社長は説明する。「本当はね、明かさないつもりでいたんですよ。明かしてしまうと、お客様の生の声を聞けないから。社長と言われたら、遠慮してしまうでしょう」

した。全力でしてしまった。

まず、社長だと知ってたら、絶対にあんなことは言わなかった。ちょっと困ったことが、とか、もうちょっとくわしい説明があってもよかった、とか。洗濯機の排水口とか、エルボとか。

「町田の店にもね、視察に行くんですよ」

「あぁ。そういうことだったんですね」

「ポイントカードの話だけなら黙ってようと思ってたんだけど。さすがにあの話を聞いたら、そうもいかなくて。社長が知らんぷりをすることはできないからね」

「いえ、それはほんとに。知らんぷりをしていただいても、というかむしろしていただいたほうが」

「ごめんごめん。かえって気をつかわせちゃったね」そして扇社長は続ける。「新宿から町田。タクシーで家電量販店に行くなんて、と思った？　家電を買うためにタクシーをつかうのか、と」

正直、思ったが、口では言う。

「いえ。まったく」

「最近ひざが悪くてね、駅なんかに行くのはちょっとキツいんだよ。特に新宿駅はあんなだから。モタモタしてると人の迷惑にもなるしね」

確かにあぶない。下手をすれば、ぶつかられたりもするだろう。階段なんかでそうなったら、本当にあぶない。

「でも社長さんなら、そういうときは会社のお車で行かれたりするものではないんですか?」

「そうすることもあるけど、今日はたまたま車をほかのことにつかってたから」

「社長さんの視察は、何よりも優先されるべきであるような」

「いや、ほら、社長といったって、電器屋の社長だから。商社の社長さんとか銀行の頭取さんとかならそうかもしれないけど。それに、タクシーに乗るのは、僕自身、好きなんだね。こんなふうに運転手さんと話もできるし。ポイントカードを持ってるなんて聞くと、うれしくなるよ」

「すいません。そのあとにあんな話をしてしまって」

「いやいや。本当に聞けてよかった。まさに生の声だよ」

「あの」

「ん？」

「わたしがエルボを買った店員さんに何かペナルティを科す、というようなことは」

「ないない。そんなことしないよ。その彼にも思いこみがあったんだと思う。彼、でいいのかな？」

「はい。彼、です」

「どこの店か聞いたら売場から特定できちゃうから、それは言ってくれなくていいよ。でもね、全店に、安易な判断でお客様をご案内しないよう伝えます。それは、します。だからどうかご容赦を」

「容赦も何も、まず、怒ってないですし」

「でもご迷惑をおかけしたのは確かだからね。で、そのエルボはどうしたの？　換えた？」

「いえ。前のが普通につかえてるので、そのままにしてます。いずれ換えます」

「何ならお詫びに差し上げたいけど」

「いえいえいえ。それはもう。お金は返してもらってますし。たかり屋みたいになってしまいますので」

「ならないよ」と扇社長は笑う。

「ほんと、すいません。わたし、ほかに変なことを言ってないですよね？」

「だいじょうぶ。言ってない」

「あ、でも、ポイントカードで縛られてるっていうのは、失礼ですね」

「失礼じゃないよ。だったら僕の、それが店の狙いでもあるっていうほうがよっぽど失礼だ。僕は運転手さんが店のお客さんだと知っててそう言ったわけだから」そして扇社長は意外なことを言う。「運転手さんは、おもしろいね」

「いえ。おもしろくないです」

その否定も失礼のような気がする。こうなると、何を言っても失礼のような気がしてくる。

「さっき、お母さんと一緒に買いに来てくれたって言ってたじゃない」

「はい」

「一人暮らし用の洗濯機、ということ？」

「いえ、実家用です。前の洗濯機がおかしくなってきたので、いきなり壊れる前に買い替えておこうという話になって」

「それを話すんだね、親子で」

「話し、ましたね。洗濯はわたしも母もするので。といっても、洗濯機のお金を出したのは母ですけど。わたしは、一緒にお店に行って、あれがいいこれがいいと言っただけです。あ、でも」

「何？」

「ポイントカードはわたしのをつかっちゃいました。母はカードを持ってなかったので。お金を出したのは母で、ポイントをもらったのはわたし。ズルいです。だから、次の誕生日にはそのポイントで何かプレゼントを買います。って、それもズルいですね。母の誕生日プレゼントを母のお金で買うわけですから」

「ズルくはないよ。お母さんもうれしいでしょ」

「だといいですけど」

「買物に、お父さんは行かないんだ？」

「はい」何故かすんなり言ってしまう。「父と母は離婚してますので」

「あぁ。そうなの。ごめん。変なこと言った」

「いえ」

「じゃあ、お母さんと二人で住んでるの？」

「はい。だから小さめのマンションなんですよ。洗濯機を置くスペースも広くなくて」

「なるほど。えーと、訊いてもいいかな。ご両親がそうされたのは、いつごろ？」

「わたしが小学六年生のときですね。そのあと、今のマンションに移りました」

「そうか。お父さんとは、会ってる？」

「いえ。今はほとんど会わないです。十代のころは年に何度か会ってましたけど。でもそれも、お互い義務的な感じで」

「いや、お父さんが義務的ってことはないでしょ。会いたくてたまらなかったはずだよ」

「そうは見えませんでしたけど」

「見せなかっただけだよ。父親が娘に会いたくないわけがない。僕も娘がいるからわかるよ。何歳になっても、娘はかわいくてたまらない。十代の、成長していく姿を見られないのはツラいよ。今僕が考えるだけでツラい。それは親バカでも何でもなくて、ごく普通のことだ。と、そう言うことがもう親バカに聞こえるかもしれないけど。父親なんてそんなものだよ」

わたしの父はそうでもないような気がする。それとも、そんなだったのか。

「お父さんは、運転手さんがタクシードライバーさんであることを知ってるの？」

「知ってます。母が話してます」

「そうか。お母さんとの連絡は、あるんだね」

「一応」

それ以上は言わない。母が父発信の見合の話を持ってきまして、と言うのは変だ。鈴央のことまで明かさなければいけなくなる。

「お父さんは心配かもしれないね」

「タクシードライバーは立派な仕事だけど、父親にしてみれば、やっぱり心配だよ。もう理屈じゃないんだね、そのあたりは。例えばトラックドライバーとか、警察官とか、自衛官とか、そういう仕事をしてる女性の父親は、みんな心配だと思うよ」

「どうでしょう」

警察官や自衛官ならわかる。タクシードライバーでも、そうだろうか。

まあ、そうか。警察官や自衛官に危険は多い。でも一人で動くことは少ないかもしれない。

「社長さんも、娘さんがいらっしゃるんですね」

「うん。今、二十八歳。僕は六十八なんだけど、結婚が遅かったから、四十のときの子だよ。その歳でできちゃうと、何かもう、かわいくてね」

「もしかして、警察官とか、ですか?」

「いや。プロボウラー」

「プロボウラー!」とここでも声を上げてしまう。「すごい!」

「どうなんだろう。すごいとは言えないのかな。有名でも何でもないし。そもそも、プロボウラーなんて知らないでしょ?　誰か一人でも知ってる?」

「そう言われてみれば、すいません、知らないです」

「普通そうだよ。よほど好きでなきゃ知らない。僕も昔はナカヤマリツコさんしか知らなかったし」

わたしはそのナカヤマリツコさんも知らない。

「でもプロなんてすごいですよ。誰でもなれるわけじゃないですし。プロテストとか、あるんですよね?」

「あるね」

「何歳からプロになれるんですか?」

「高校生の歳で、もうなれるよ」

「あ、そんなに早く」

「ウチの子は十八でなった」

「小さいころからやられてたんですか?」

「いや。初めてやったのは小学生のときで。よくやるようになったのが中学生のとき、プロを目指すようになったのが高校生のとき、なのかな」

「社長さんがすすめたわけでもないんですか」

「うん。僕も特に好きなわけではなかったし。娘が自分でやりたいと言いだして、そうなったんだよね。中学の終わりごろに一気に上達して、楽しくなったみたいで」

わたしも卓球をやってたからわかる。うまくなれば、楽しくもなるのだ。といっても。わたしはやめてしまったけど。

「それで、プロになって十年ですか」

「そう。大変だけどね。今でも、それだけで食べていけてるとは言えないし。ゴルフと同じでさ、大会に出るための交通費とか、練習場を借りるためのお金とか、ボールだのシューズだのにかかるお金とか、そういうのは全部自己負担だから。賞金を稼げなかったらどうにもならないよ」

「厳しいですね」

「女子の場合は、三十前後で引退する人も多いみたいだしね。その意味で、厳しさは男子以上かもしれない。ウチの子も、まだ口にはしないけど、引退のことなんかをそろそろ考えたりしてるのかな」

「社長さんとしては、どうなんですか？」

「うーん。まだやってほしいよ。娘が投げるのを観るのは楽しいし」

「試合を、観に行かれるんですか」

「行けるときはね。応援には力が入っちゃうよ。試合が終わったあとは、実際に自分がボウリングをやったときより疲れてる」

　プロボウラーの娘を応援する父。何となく想像できる。同期たちとカラオケの合間にやる親睦ボウリングとはわけがちがう。プロともなれば大変だろう。応援に熱も入るだろう。

「だからさ、運転手さんみたいな人のことは、応援したくなっちゃうんだよね」

「わたしみたいな人、ですか?」

「うん。がんばってる女の人のことは、どうしても応援したくなる。もちろん、仕事をしてる人は、みんながんばってるんだけど」

「わたしは、娘さんとは全然ちがいますよ。大してがんばってないですし、プロでもないですし」

「いや、プロでしょ。タクシードライバーさんはプロだよ。そのための免許をとってるわけだから」

「でも、とろうと思えばほとんどの人がとれますし」

「それは関係ないよ。とろうと思わない人はとらない。とらない人は、お客さんを乗せて運転することはできない」

「それはそうですけど」

「女性だから大変だと言っちゃダメ。それはわかってるけど。でも大変だと思うんだよね。どうしたって男女のちがいはあるし。よそ以上の男社会だろうし。と、そんなことを言ってるうちはやっぱりダメなんだな。そんな発想自体がない社会にならないと。僕みたいに会社を動かせる立場の人間がそんな社会をつくっていかないと」

「そうなったらいいです。女のわたしとしては」

「ごめんね。また偉そうなことを言った。社長社長言われてると、いつの間にか偉そうになる。そもそも、視察なんて言っちゃうのが社長の発想だよね。上からものを見てる」

「そのくらいは、いいんじゃないですか？」

「ん？」

「ちっとも偉く見えない社長というのもどうなんだ、と社員は思いますもん」

「おぉ。なるほど。それはおもしろい意見だ」

「すいません。わたしこそ偉そうに」

「いや。本当にそうかもしれない。だから、偉そうな社長の役を自分がやってると思えばいいんだね。誰かがやらなきゃいけないその役をたまたま自分がやってると」

役、という言葉であの男、いや、あのお客さんを思いだす。自称なのか本物なのかいまだにわからないあのお客さん。役者の。

わたしは扇社長に言う。

「社長さんは社長さんでいてください。社員が社長を、社長役の人、なんて思わないですから」

「そうか。じゃあ、そうするよ。社長役の人が社長をやってたら、それこそ社員に失礼だからね」

横浜町田インターチェンジで東名高速道路から下りる。町田街道に入れば、あとはもうすぐだ。

「いやぁ。運転手さんの車に乗れてよかったよ」

「わたしも社長さんをお乗せできてよかったです」

「娘がかわいくてたまらないなんて、娘本人には言えないからさ」

「言わないんですか？」

「言わないよ。そんなこと言ったら気持ち悪がられる」

まあ、そうかもしれない。言われたら気持ち悪い。

わたしの父は絶対に言わないだろう。母でさえ言わないのだから、あの父は言わない。

「結婚ですか？」とわたしが言い、

「再婚ね」と水音さんが言う。

「誰とですか？」

「お客さん」

「お客さん！」

「正確には、一度お客さんになってくれた人。前に夏子ちゃんと話したでしょ？　愛音

「……のこととかいろいろ」

「はい」

「あれ、いつだった？」

「えーと、去年の、十一月ごろ、ですか」

「じゃあ、乗せたのはその前か。あのとき、もう乗せてはいたんだ」

十一月に話したときは、テラスにいた。今は屋内。休憩所にいる。もう二月も下旬だが、今日は真冬並みに寒い。社食でカレーライスを食べたあとに来てみると、水音さんがいたので、テーブル席にお邪魔した。

「でもね、夏子ちゃんと話したときはこんなことになると思ってなかったのよ。特にその人への意識もなかったし。あのすぐあとぐらいだったのかな、連絡したのは」

「連絡」

「うん。その人ね、カワナさんていうんだけど、北海道の人なの」

水音さんは下の名前まで教えてくれた。川名峰之(みねゆき)さん、だそうだ。

「北海道の、どこですか？」

「札幌。そこに本社があるリフォーム会社に勤めてる。東京にも支店があって。出張でそこに来たときに、わたしが乗せたの」

「あぁ。羽田からですか」

「そう」

わたしが柳下治希を乗せたときと反対。行く人をでなく、来た人を乗せたわけだ。

「東京といっても、支店があるのは三鷹だから、まあ、一時間ぐらいは走ったの」

「定額タクシーですか?」

「うん。出張は前から決まってたんで、予約を入れてくれてたのね。それがわたしにまわってきた」

「おぉ」

「で、東京の話をしたり、北海道の話を聞いたりして。名刺をくれたのよ。別におかしな意味じゃなくて。あくまでも仕事の一環で。まあ、リフォーム会社の人の名刺をもらったところで、賃貸アパート暮らしのわたしはお役に立てないんだけど」

名刺。それはもう見事に柳下治希パターンだ。

「でもその川名さんも、仕事の一環だけのつもりではなかったはずですよね」

「あとでそう言ってた、自分で」と水音さんは笑う。「連絡してくれないかなぁ、と思ってたって」

「したんですね、連絡」

「初めはする気はなかったの。これはほんとに。でもそういう名刺って、すぐには捨てられないじゃない。せっかくくれたんだし」

「捨てられないです」とそこは自信を持ってうなずく。

捨てられない。わたしもしばらくは柳下治希の名刺を持ってた。自分から連絡するつもりはないのに。

「乗せたときにね、愛音の話もちょっとしてたの。川名さんはちゃんと聞いてくれるから、わたしもちゃんと話しちゃって。その感じを、覚えてたのね。それで、ほら、夏子ちゃんにも言ったみたいに、愛音が難しくなってきたことも言ったわけ。実際、あれからさらに難しくなって。ふとね、思っちゃったのよ。名刺を見て、また話したいなって。それで連絡しちゃった。あちらにもちょっとはこちらを気に入ってくれた感じがあったから。そしたら、会いに来てくれて」

「こっちにですか？」

「うん。休みの日に飛行機に乗って、来てくれた。で、急速に近づいたというか」

「それで結婚、ですか」

「そう。前回のこともあるから、早いとも思ったんだけど。夏子ちゃんにも、慎重になったほうがいい、なんて言っちゃったよね？」

「そう、ですね」

「もちろん、慎重にはなったの。考えに考えて、だいじょうぶだと判断した。そこまでを、速くやった」

「どうするんですか？　北海道に、住むんですか？」

「そうなるかな」

「仕事は」

「やめるしかない。明日あさってには会社に言おうと思ってる。一ヵ月前には言わないとね。迷惑かけちゃうし」

「愛音ちゃんは、いいんですか？」

「一番の問題はそこだったんだけど。意外にも、乗り気。北海道ってとこに惹かれたみたい。東京はもういいと思ってたんだって。狭いからいやだって」

狭い。そこにはいろいろな意味がある。十二歳の女子なら、もうその狭さを充分感じてるはず。

「それも後押しになった。愛音は四月から中学生だから、どうせならそこに間に合わせたいし。途中でこっちから転校させるんじゃなくて、初めから向こうの中学に入学させたい」

中学に上がるときに転居。高間夏子パターンだ。

「愛音ちゃん、その川名さんに会ってるんですよね？」

「会ってる。冬休みにわたしと二泊三日で行ったし、こないだのさっぽろ雪祭りにも行ってきた。十一日が祝日で、十日は月曜だったんだけど、その日は学校を休ませちゃった。ズル休み。事情を説明するのも面倒だから、愛音にカゼをひかせた。学校の先生に電話でうそをついちゃったわよ。悪い母親」

そんなことはない。愛音ちゃんはいい母親だと思ったはずだ。

「じゃあ、だいじょうぶなんですね、川名さんとは」

「だいじょうぶ。どっちもね、カムアラが好きなの」

カムアラ。カム・アライヴ。ダンスとボーカルの男性グループだ。わたしはよく知らないが、有名だということは知ってる。

「しかもね、一番好きなメンバーまで同じだったの。光岡隆馬(みつおかりゅうま)くん」

「うたの人ですか？」

「ダンスの人」

「川名さんて、今、おいくつですか？」

「四十二」

「四十二で、そうなんですか」とつい失礼なことを言ってしまう。

「四十二で、そうなの。若いころに自分もダンスをやろうとしたことがあるんだって。かじったぐらいで終わったらしいけど。でもよかった、そういう共通点があって」

「愛音ちゃんに合わせてその隆馬くんが好きだと言うのは、一番ヤバそうですもんね。そういうのって、たぶん、すぐバレるし。自分が好きなものでそれをやられたら最悪ですよ」

「そうよね、確かに。川名さん、カムアラが札幌ドームでライブをやるときは観に連れて行くっていう約束を愛音にさせられてたわよ。札幌ドームでやらなかった場合は東京ドームに連れて行く、なんて」

「カムアラって、そこまで人気なんですか」

「うん。すごいわよ。ウチもグッズだらけ。文房具の下敷きとか、もっと安いのを買ってほしい。隆馬くんを下に敷いて字とか書いちゃマズいでしょって思う」

笑いつつ、言う。

「でも、そうかぁ、水音さん、やめちゃうんですか」

「向こうに行って落ちついたら、またドライバーをやろうと思ってるけどね。今度は初めから日勤にしてもらう。それでも入れてくれる会社を探すつもり。やっぱり、乗るのは好きだしね。ただ、雪道には慣れなきゃいけないか」

「最初は、ちょっとこわいですね」

「だから、二年めからかな。愛音が中二になるときから。初めの一年はまず自分の車を運転して慣れる。それから」

「いいですね。札幌に遊びに行ったら、水音さんのタクシーに乗りますよ」

「乗らなくてもいいから、遊びには来て。案内できるよう、いろいろ調べておく」

「うれしい。ほんとに行きます。四連休のときにでも」

「ぜひ。ほんとに来てね。向こうに知り合いはいないから、来てくれたらわたしもうれしい」

「行きます。何なら同期にも声をかけてみますよ。休みが合えば、どうにかなるだろうし」

「うん。待ってる。って、まだ行ってないけど」

すごい。こんなことがあるのだ。柳下治希パターンでそのままゴールする、なんてことが。結婚まで行くのは本当にすごい。

でも、まあ、ないことではないのだろう。タクシードライバー同士よりはそちらのほうがずっと多いのかもしれない。

と思ってたら。

タクシードライバー同士が結婚することもわかった。

飯尾頼昌さんと菊田つぐ美さんだ。バツイチ同士の二人。

飯尾さんとつぐ美さんがともに出勤した日の朝礼で、それはいきなり発表された。発表したのは香西課長。いつものように伝達事項を話し、今日もがんばっていきましょう、と言ったあとにこう続けた。

「あ、そうそう。すいません。大事なことを忘れてました。これもお伝えしておきます。

飯尾頼昌さんと菊田つぐ美さんがご結婚なさいました。入籍はすませたとのことで、菊田さんはもう菊田さんではなく、飯尾つぐ美さんです。皆さん、おまちがえのないように。お二人、おめでとうございます。末永くお幸せに。ではあらためて。今日もがんばっていきましょう。よろしくお願いします」

朝礼の参加者は多く、全員が知り合い同士というわけでもない。だから報告はこの程度。飯尾さんとつぐ美さんがそれぞれあいさつをするようなこともなかった。つぐ美さんの名字が変わるので伝えた、ということらしい。でもさすがに二人を知る人からは驚きの声が上がった。わたしも上げた。かなり大きく。

出庫前にそうするわけにもいかないので、二人になれるのを待って、つぐ美さんに話を聞いた。社食で昼ご飯を食べながら、になった。

「おめでとうございます。ちっとも知りませんでしたよ」

「二人とも五十前。わざわざ言わないわよ。恥ずかしいじゃない。いい歳したバツイチの二人が付き合ってるとか。結婚したことも言わないでおこうかと思ったくらいだもの」

「でも、言ったんですね」

「そりゃね。会社には言わなきゃいけないし、名字も変えることにしたから。ならいっそのこと朝礼で言ってもらおうと思って。むしろ夫婦感を出したほうが、休みの融通とか利かせてもらえそうだし」

「だからシフトも変わったんですか」

「そう。二人同じにしてもらったほうが楽だから。いろいろな無駄もないし」

先月から変わった。一緒にカラオケに行った鬼塚珠恵さんの同期。つぐ美さんではない。二歳上の滝沢（たきざわ）七葉（ななは）さんだ。

「まさかこの歳で再婚するとは思わなかったけどね。しかも会社の人と」

「あらためておめでとうございます」

「あけましておめでとうございますみたいに言うわね」とつぐ美さんは笑った。

自分の近くで二組。水音さんに、つぐ美さん。

続くときは続くのだな、と思う。

わたし自身はどうかと言えば。

どうもなってない。何というか、動きはない。仕事をやめてほしいと鈴央に言われてから、何も動いてない。鈴央に待ってもらってる形だ。夏子考え中、という状態。

実際にちゃんと考えてるかは、微妙。考えてないことはない。考えてはいる。でも。あれはこうでこれはこうだからそうなって、みたいに筋道を立てて考えてはいない。そんなふうにはできない。

毎日漠然と考えるだけだ。鈴央の顔がまず頭に浮かぶ。どうしよう、と思う。その先へは進まない。と、そんな具合。考えにいくようなことではない。感じるしかない。そう思ってしまう。

あれからは鈴央と会ってない。映画を観に行ったり、飲みに行ったりはしてない。が、連絡はとってる。別にケンカをしてるわけではないのだ。ＬＩＮＥのやりとりは普通にする。回数が減ったりもしてない。

ただ、その件には触れない。今日はこんなことがあった。あんなこともあった。明日は一日雨らしい。気温も最高で七度らしい。お互いカゼに気をつけよう。インフルエンザにも気をつけよう。そんなことを言い合う。

自然は自然。と言いつつ、装ってる感じもする。避けられない大きな問題を抱えてるのに自然を装うのはやはり不自然だ。

で。

つぐ美さんに続き、飯尾さんにも社食でおめでとうございますを言えた日の翌日。明け休みでひと寝して起き、母が帰宅して夜ご飯、となったとき。

ふと思いだし、こんなことを訊いてみた。

「お母さん。そういえば、あれ、どうなったの？」

「何？」

「ほら、ナントカマネージャーになるって話」

「あぁ。人材育成マネージャー」

「それ」

「夏子には言ってなかったわね。断った」

「ならないの？」

「ならない」

「何で？」

「何でって。考えはしたんだけどね、やっぱりいいかなと思った。お母さんは、ただ売る人でいたいもの。現場を離れたくない」

「店をっていうこと？」

「そう。売場をっていうこと」

「会社は納得してくれたの？」

「してくれたんじゃない？　部長も、そうかって言ってたから」

「それだけ？」

「それだけ。あちらも、とりあえず打診してみた、という感じだったのかも」

「だいじょうぶなの？」

「何が？」

「クビにされたりしない？」

「しないでしょ。お母さんは、売るし。クビにされたらよそに移るわよ。アルバイトなら、この歳でも採用してくれるでしょ」

「してくれるだろうけど」

わたしがつくったなめこ汁を一口飲んで、母は言う。

「でもこれじゃあ、お父さんと同じね」

「ん？」

「ずっと現場にいたいっていうお父さんと同じ」

「お父さん、そうなの？」

「そうよ。毎日現場で生徒と接していたいから、教頭先生になる試験を受けないの。ずっと普通の先生のまま。学年主任ぐらいはやってるけど」

「落ちてるとかじゃなくて、受けてないの？　試験」

「受けてない」

「最近よく聞く話みたいに、教頭になると大変だから、とかじゃなくて？」

「じゃなくて」

「給料は、教頭のほうがいいよね？」

「それはそうでしょうね」

「でもならないんだ？」

「ならないのね。わたしたち、離婚しちゃうぐらい性格はちがうのに、そこは同じみたい。現場には、いたいの」

母とわたし。ともに夜ご飯を食べすすめる。

おかずは、鮭の塩焼きに、キャベツとキュウリとトマトのサラダに、もずく酢に、味付のり。

朝ご飯ですか？　と自分で思う。一応、全部わたしがつくった。といっても、鮭の切身を焼き、野菜を刻んだだけ。もずく酢と味付のりは買ってきたもの。でも母はほめてくれる。鮭の焼き加減がいい、と。

その鮭を食べて、母が言う。

「ねぇ、夏子」

「ん？」

「あんた、この先もタクシードライバーを続けるの？」

「何、いきなり」

思いだす。鈴央との見合をすすめたときも、母はこの感じで話を切りだしたのだ。

母はいつも唐突。ちょっと間を置いて、一気に来る。間の感覚が普通より短いのだろう。二、三秒黙っただけで、もう間を置いたと思えるのだ。おっとりしてるのにそこだけはそうなる。おっとりしてるからそうなるということなのか。

「こないだね、タクシー強盗のニュースがあったじゃない」

「うん」

あった。鈴央が言ってたあれ、九州であったという未遂事件とは別のものだ。都内であった。タクシードライバーが刃物で脅され、売上金をとられた。四万とか五万とか、そのぐらい。ドライバーは四十代の男性。ケガはなかった。犯人もすぐに捕まった。

ドライブレコーダーの映像がニュース番組で流された。顔にモザイクはかけられてたし、音声も処理されてた。時間は二十秒程度。あっさりはしてた。でも生々しかった。母はそれを見たのだ。

「やっぱりね、不安にはなっちゃうわよ。あんなニュースを見ると」

「初めからわかってたじゃない、そういうこともあるって。だいじょうぶだよ。ドライブレコーダーでちゃんと記録されてる。だから犯人もすぐ捕まったんだし」

「でも、その場では何の力にもならないじゃない」

「抑止力にはなってるよ。ああいう映像がたまに流されるから、もうみんな知ってる。タクシーの車内は全部撮られてるって」

「なのにやっちゃう人がいるわけでしょ？」

「そうだけど。強盗に遭う確率なんて、かなり低いよ。わたしの周りにも、遭った人はいないし」

あの強盗もどきのことは言えない。実際、言ってない。母には、駕籠抜けのことも言って　ない。　あれの場合は言うのが恥ずかしかったからだが。言わなくてよかった。母はわたしと鈴央の現状も知らない。だから、鈴央に加勢してこんなことを言いだしたわけではない。つまり、わたしと鈴央を結婚させようとしてるわけではない。まさか裏で母と鈴央が通じてることもないだろう。母はそんなことはしない。鈴央もそんなことはしない。

だからこそ、こたえる。

鈴央に続いて、母。近い二人が、無関係に同じことを言ってきたのだ。

わたしは自分から母に言う。

「そうは言わないけど」

「やめろってこと?」

けど。そのあとは続かない。でも意思は伝わってくる。そうは言わないけど、やめてもいいんじゃないかとは思う。みたいなことだろう。

母からのそれは、ちょっと響く。無視はできない。

初めてはっきりとこう考えてしまう。

無理をしてやる必要はあるのかなと。

母のようにすごい売上を出せる人でもないわたしがタクシードライバーをやる必要は

あるのかなと。

## 三月の江古田(えこだ)

何故か池袋にいる。自分で電車に乗ってきたから何故も何もないのに、何故？　と思ってしまう。

発端は、わたしが同期の朱穂にあれこれ相談したこと。

相談といっても、大したものじゃない。いつものLINEのやりとり。わたし自身の感覚で言えば、グチをこぼしただけ。

朱穂は同じドライバー。菜由とちがい、総合職への職種変更を考えたりはしてない。ずっとドライバーでいるつもり。だから話はしやすいのだ。

実際、朱穂にはすべて話してる。駕籠抜けのこともすぐに話したし、強盗もどきのこともすぐに話した。鈴央とのことさえ話してる。

駕籠抜けのことに関して、朱穂は言ってくれた。〈わたしなら、会社に報告しなかったよ〉〈自分でお金を出しちゃってたよ〉

それはない。朱穂ならちゃんと報告したと思う。自分でお金を出しはしなかったと思う。わたしより早く報告したかもしれない。何度もマンションの通路をウロついたりもしなかったはずだ。やられた、と確信した時点で報告しただろう。

　強盗もどきのことに関しても、朱穂は言ってくれた。〈わたしなら、金出して、のところでもう叫んでたよ〉〈車から飛び出しちゃってたよ〉

　それもない。朱穂なら叫ばなかったと思う。車から飛び出しもしなかったと思う。図書館と小学校のあいだの道で停めてと言われたときに、もう少し先でお願いします、とすんなり言えてたはずだ。そんなふうに危機を回避することができてただろう。

　鈴央とのことは、クリスマスイヴ焼鳥デートのあとで朱穂に話した。〈カレシができた〉と伝えた。〈ママママジで?〉と朱穂は言った。メッセージで。〈うひぃ〜〉とも言った。メッセージなのに。

　一応、口止めはした。自ら広める必要はないからだ。〈同期にも?〉と訊かれ、少し迷ったが、〈同期にも〉と返した。隠すつもりもないが、言うなら自分で言いたい。と言いつつ、あのカラオケのときも言わなかった。そう頼んだわけではないが、朱穂もあの場では何も言わなかった。そのあたり、信用できるのだ。朱穂は。

　で、これはかなり迷ったが。仕事をやめてほしいと鈴央に言われたことも、朱穂には話した。

〈うぅぅぅぅぅぅぅん〉と朱穂は文字で言った。〈わからないではない。みんな、そう思

っちゃうんだろうね。あぶなくないはずがないって〉

それはカレシでもダメでしょ、なんてことは言わなかった。鈴央に気をつかう、という形でわたしに気をつかったのだと思う。

その件で、朱穂とは何度もやりとりした。わたしも、朱穂と話すことで自分の気持ちを量ってるようなところがあった。

何日か前、朱穂に訊かれた。

〈夏子はどうするの？〉

こう訊き返した。

〈朱穂ならどうする？〉

やめるわけない、みたいな答が返ってくると思ってた。意外な答が来た。

〈その人と本気で結婚したいなら考える。大事なのはそこ。タクシードライバーには、あとでまたなれる。でもその人みたいな相手はもう現れないかもしれない。だから、やめないとは言えない〉

見直した。朱穂、大人。わたしにカレシができて、〈うひぃ～〉と言ってた人とは思えない。

朱穂は姫野さんともＬＩＮＥでやりとりしてた。わたしが知る以上にしてたらしい。もちろん、わたしにカレシができたことを話したりはしてない。でも駕籠抜けのことや強盗もどきのことは話してた。

　わたしがちょっと落ちこんでることも、姫野さんには伝わってた。鈴央の件は隠したことで、妙な伝わり方になった。わたしが会社をやめるだのやめないだの、そんなことを朱穂が言ったわけではないが、そこは姫野さん、妙な察し方をした。いきなりこんなメッセージを送ってきた。

〈高間。おれと卓球で勝負〉

〈何ですか？〉

〈だから、卓球で勝負〉

〈だから、何ですか？〉

〈おれが勝ったらやめんな〉

〈何をですか？〉

〈会社を〉

　意味がわからなかった。頻繁にではないが、わたしも姫野さんとＬＩＮＥのやりとりはしてた。水切りワイパーのことを話したり、ほかにもいい洗車グッズがないかを尋ねたりした。だからメッセージが来たこと自体には驚かなかったが、内容には驚いた。

〈会社をやめるなんて、わたし、言いました？〉

〈言ってない〉

〈朱穂が言ったんですか？〉

〈神林っちも言ってない〉

〈じゃあ、何なんですか？〉

〈最近のお前を見てればわかる〉

〈姫野さん、神ですか？〉

〈神だ〉

そしてこんなことになった。姫野さんと卓球勝負をすることになったのだ。

場所は前回と同じ。池袋のアミューズメント施設。〈前回と同じ場所で勝負〉と姫野さんが言うのだ。〈だからラケットの持ちこみは禁止。高間が有利になるから。ラケットもボールも、そこにあるものをつかう〉

わたしも姫野さんも明け休みの日。午後四時。それぞれ家に帰ってひと寝して、なのでその時間になった。

個室は二つとも埋まってた。待ち合わせてまたすぐ待つ羽目になった。

「計算外だ」と姫野さんは言った。「平日の午後四時なら空いてるかと思った」

「じゃあ、やめます？」

「やめない」

「待ってまでやるんですか？」

「待ってまでやる。そりゃそうだろ。何のために来たんだよ」

「来たというか、来させられたんですよ、わたしは」

「ちがうな。来たいから来たんだよ。断ろうと思えば断れたろ」

「何なんですか、それ」

二十分後、一室が空き、わたしたちはそこへ入った。

無駄話はしない。台に置かれてた日本式ペンホルダーのラケットをそれぞれ手にし、向かい合う。

「卓球のシングルスって、何点勝負？」と姫野さんが言う。

「一ゲーム十一点先取で、五ゲームか七ゲームです。五ゲームなら三ゲーム先取、七ゲームなら四ゲーム先取で勝ち」

「じゃあ、そうだな、七は長ぇから、五でいこう。三ゲーム先取。サーブはいつ交代すんの？」

「二本ずつで交代です」

「どっちが先？」

「どっちでも。お好きにどうぞ」

「じゃ、おれから」

姫野さんが、コツ、コツ、とボールを台に弾ませる。打つのかと思いきや、言う。

「おれが勝ったらやめんなよ」

面倒なので、こう返す。

「やめません」

やめません、の、せ、のあたりで姫野さんがサーブを打ってくる。

卑怯な手段。でもありがち。慣れてる。この人ならそんなことをしてきそう、と予測してもいた。

思ったよりは速いサーブ。難しくはない。女子なのに言ってしまうが。屁でもない。

スパコーン！　と一撃。スマッシュで返す。

何の細工もなし。思いっきり打ち返すだけ。

前回の一球め同様、姫野さんは反応しない。できない。ボールはお腹にポテッと当たり、床に落ちる。

高間に一ポイント。一対〇。

「やっぱうめえな」と姫野さんが言う。「うめえし、速ぇわ」

言い方にちょっと余裕がある。わたしがどう出るかを試したように見える。

まさか。

いやな予感がした。

姫野さん。頭のなかに立体地図を描ける高い空間認識能力を活かして卓球も短期間で急成長、なんてこともあるのか。高偏差値の頭で効果的なトレーニングプログラムを生みだしてあれからこれまでのあいだに急成長、なんてこともあるのか。

なかった。

成長は、してなかった。努力をした感じもなかった。かけらもなかった。

スパコーン！　とわたしはスマッシュを打ちつづけた。

試合なので、容赦はしなかった。練習試合ではないので、少しもしなかった。

フォアハンドで回転もかけた。サーブでもかけまくり、高確率でエースをとった。

第一ゲーム、十一対一。第二ゲーム、十一対二。第三ゲーム、十一対一。

三ゲーム先取でわたしが勝った。あぶなげなく勝った。

各ゲームでとられた一点はどれもわたしのミス。二つはアウトで、一つはネットにかけた。

第三ゲームの一点だけが、姫野さんが自力でとった点。わたしの打ったボールがたまたまラケットに当たり、たまたま戻ってきた。しかもネットインだったので、対処できなかった。

ネットインしたときは打った側が相手に謝るのがマナーだったりもするのだが、それを知らない姫野さんはガッツポーズをして言った。おぉっ！　おれ、返したじゃん！

第三ゲーム最後の一点は、姫野さんの手の届かないところへスマッシュを決めた。姫野さんはもう追いもしなかった。

「終了〜」と言った。わたしがではなく、姫野さんが。「三対〇。高間の勝ち」

何と言っていいかわからず、わたしは台の向こうの姫野さんを見た。

「やっぱ強(つえ)ぇな、お前」

「それはわかってましたよね？」

「わかってた」

「勝てると思ってたんですか？」

「うーん」と考えて、姫野さんは言う。「まあ、ほら、メンタルの不調でお前の力がガタ落ち、なんてこともあるかと思ってさ」

「姫野さんに負けるとこまでは落ちませんよ。それは、自転車に乗れてた人がメンタルの不調で乗れなくなる、というくらいの話ですよ」

「そこまでかよ」

「そこまでですよ。卓球をナメないでいただきたいです」そしてわたしは続ける。「まず、何なんですか、メンタルの不調って」

「不調だったろ？　神林っちもそんなようなこと言ってたし」

「どう言ってました？」

「えーと、何だっけ、夏子が会社をやめたらどうしよう、みたいな」

「やめたらなんて言ってました？」

「言ったような、言ってないような。よく覚えてねえわ。ただ、おれもそんな印象を持ったからな。ここんとこのお前を見て」

「ここんとこのわたし。変でした？」

「変だった。水切りワイパーで水を切ったあとにまた水かけたり。だから洗車にやたらと時間がかかってた」

言われてみれば、そうだったかもしれない。確かに洗車のときは、あれこれ考えてた。単純作業だから、ちょうどいいのだ。

「不調だとしても負けませんよ、姫野さんには」

「でもおれもがんばったろ。四点もとったし」

「四点しかとってない、と言ってくださいよ。そのうちの三点はわたしのミスですよ」

「一点はとってんじゃん」

「ネットインじゃないですか」

「一点は一点だろ」

「一点は一点て、もっと重要な一点のときにつかう言葉ですよ。焼け石に水の一点につかう言葉じゃないです。合計なら、三十三対四。わたし、姫野さんのほぼ十倍とってますからね」

「でも十一対〇は一つもねえし。実力差を考えたら、おれの勝ちじゃね？」

「は？　そんなわけないじゃないですか。経験者といったって、わたしは中学でやっただけですよ。そういうのは日本代表クラスに言ってくださいよ」

「じゃ、お前の勝ちでいいよ」

「いいも何もない。完全にわたしの勝ちですよ。完勝ですよ」

「で、お前、勝ったけど。会社やめんの？」

「やめませんよ」と流れでスルッと言ってしまう。

「あ、やめねえんだ？」

「やめませんよ」と流れでくり返してしまう。「わたしが勝ったらやめるとか、言ってませんし」

「言って、ない？」

「ないですよ。おれが勝ったらやめんなって、姫野さんが勝手に言っただけじゃないですか」

「やめないなら、まあ、いいや」

　何なんだ、このやりとり。バカすぎる。

「よし。卓球も終了。軽く飲みにでも行くか」姫野さんはパンツのポケットからスマホを出し、その画面を見て言う。「五時前じゃ、まだ店がやってねえか」

午後四時に待ち合わせ、二十分待って、試合。三十三対四。ワンサイドもワンサイド
だから、それも二十分で終わった。今、ようやく四時四十五分。

「でも池袋だし、四時からやってる店もあるか。午前中からやってるとこもあんだろうし」

「わたしは行きませんよ。カレシいますし」

「え？　マジで？」

「はい」

「いつから？」

「去年から、ですね」

「知らなかったな」

「言ってませんもん」

「言えよ」

「何でですか」

「でもそんならしかたない。茶ぐらい飲んでくか。自販機で買って」

「自販機で買うんですか？」

「だって、カフェとかもマズいだろ？　カレシがいるんなら」

「まあ、そうですね」

「茶はおごるよ。と言いたいとこだけど、そこは各自購入な。おごる義理もねえから」

「会社の後輩っていうのは、おごる義理ありありだと思いますよ。しかも姫野さん、勝負の敗者だし」

「お前、それはマズいだろ。勝者と敗者は平等だよ」

「何なんですか、今ここでのその理屈」

個室を出ると、わたしたちは自販機のところへ行った。

ああは言ったが、姫野さんは自販機に千円札を入れてこう言った。

「敗者だからおごるよ。選べ」

「いや、いいですよ」と言いながらも、飲みものを選んでボタンを押した。

ペットボトルの緑茶。ホット。

姫野さんはコーラだ、カロリーオフじゃないやつ。

二人、近くのベンチに座った。並んでだ。

コーラをゴクゴク飲んで、姫野さんが言う。

「いやぁ。スポーツをしたあとのコーラはうまい」

「二十分しかしてませんよ」

「じゃあ、こう。いやぁ。スポーツを楽しんだあとのコーラはうまい」

「姫野さん、惨敗ですよ」

「いやぁ。潔く負けたあとのコーラはうまい」

まったく。この人は。

初めておごってもらった緑茶を飲んで、わたしは言う。

「ねぇ、姫野さん」

「ん？」

「今回のこれは、結局、何ですか？」

「何って？」

「何のためのものですか？」

「うーん」と言って、姫野さんもコーラを飲む。

また戯れ言が来るのかと思ったら、案外まともな答が来る。

「いや、まあ、おれがさ、何か余計なことを言ったかと思って」

「余計なことはいつも言ってますけど。何か言いました？」

「あの強盗は本物だろって」

「あぁ。あれが？」

「お前に話を聞いたときはそう思ったんだよ。でもよく考えたら、そうも言いきれねえじゃん。そいつは強盗じゃなく、ただのアホだったただけかもしんない」

「今さらそれ言います？」

「言う」

「図書館と小学校のあいだの道に停めさせたのは、やっぱりおかしいですよ」

「それ込みでそいつのおふざけだった可能性もあるだろ？」

「どういうことですか？」

「本物っぽく見せるために、あえてそこで停めさせたんだよ。ほんとにそうなら。お前、変に騒がなくてよかったのかもしんないぞ」

「騒ぐって？」

「駕籠抜けのときみたいに報告しちゃうとか。そうしてたら、会社はすぐにドライブレコーダーの映像を見るだろ？　その件も警察に通報、なんてことになってたはず。で、あとでただのおふざけだったことが判明する」

「そうなったらなったで、しかたなくないですか？」

「しかたない。悪いのはそいつ。自業自得。でも高間も、微妙だろ。後味は悪いし」

それは考えなかった。そんなふうに考えてみたことはなかった。わたし自身、強盗もどきと言いつつ、あれは本物の強盗だと思うようになってた。

本当に姫野さんの言うとおりなら。後味はかなり悪かっただろう。駕籠抜けから二ヵ月で、またトラブル。わたし自身が、もういい、となってたかもしれない。やめます、と言ってたかもしれない。

「だから余計なことを言ったかと思ってさ」

「それで卓球勝負、ですか？」

「そう」

「そうって。姫野さん、絶対に負けるんだから、せめて、お前が勝ったらやめんな、にすればいいじゃないですか」

「それじゃお前が勝負を受けないだろ。勝つか負けるかはお前のやりようだし」

そうか。そのとおり。そんな勝負、受けるわけない。

緑茶を一口飲む。さらにもう一口飲んで、言う。

「ねぇ、姫野さん」

「ん？」

「頭がいいんなら、その頭のよさを活かしましょうよ。顔のよさは活かさなくていいから、頭のよさは活かしましょうよ」

「何？」

「そんなに頭がいいなら、会社をよくしましょうよ。タクシー業界をよくしましょうよ。自動運転の時代になってもタクシードライバーが生き残れる策を考えてくださいよ。タクシー強盗が起きない夢の装置を発明してくださいよ」

「お前、どうした？」

「姫野さんこそ職種変更をして、本社に行って、会社全体と業界全体を見てくださいよ。『レット・イット・ビー』とかうたってないで、そういうことをしてくださいよ。いや、うたってもいいですけど、そっちもしてくださいよ」

姫野さんがぽかんとした顔でわたしを見る。間を置いて、言う。

「お前、わりと頭いいな」

「わりとって何ですか」

「何なら、カラオケやってく？」

「は？」

「『レット・イット・ビー』、うたう？」

「いいですよ」

「いいってのは、どっち？」

「発音でわかるでしょ。うたわなくていい、ですよ」

実際、カラオケはやらなかった。もちろんだ。言われてみて、あの『レット・イット・ビー』はもう一度聞きたいな、と思った。でも今は無理。

それぞれに緑茶とコーラを飲み終えると、わたしたちはベンチから立ち上がった。空のペットボトルをごみ箱に入れ、帰路に就く。

「やっぱ明け休みはキツいな」と姫野さんが言う。「でもいい運動をしたから夜も眠れそうだわ。じゃ、おれは山手線なんでＪＲな。お前は？」

「有楽町線です。地下鉄」

「またな。やっぱりやめますとか言うなよ。まあ、言ってもいいけど。そんじゃ」

「あの、姫野さん」

「ん？」

「お茶をどうも」

「ああ。貸しな」

「いや、おごりは貸しじゃないですよ」

別れた。

姫野さんといるとわたしのほうが理屈っぽくなるのは何故なのか、と思いつつ、地下に潜り、有楽町線に乗った。

姫野さんが住むのは大崎。山手線で一緒に行き、そこから出るりんかい線に乗ってもよかった。ちょっと遠まわりになるだけで、たぶん、時間もそんなに変わらない。でもそれはしない。わたしにはカレシがいるから。

午後五時台。車内はまだそんなに混んでない。

途中で座り、朱穂にＬＩＮＥのメッセージを送った。

〈姫野民哉戦、終了。今、帰りの有楽町線に乗車中〉

今日は朱穂も明け休み。返信はすぐに来た。

〈早っ！　結果は？〉

〈高間、圧勝〉

〈そりゃそうか〉

姫野さんと卓球勝負をすることは朱穂にも伝えてた。姫野さんに好意を抱いてるであろう朱穂には話しておくべきだと思ったのだ。

朱穂は驚いた。でもその驚きは、姫野さんがわたしに卓球勝負を持ちかけたことに対するものではなく、自身が姫野さんを動かしてしまったことに対するものだった。朱穂は朱穂で、自分が余計なことを言ったから姫野さんがそうせざるを得なくなったと判断したのだ。

朱穂から次が来る。

〈飲みにとか行かないの？〉

〈行かないよ。わたしカレシ持ち〉

〈同僚はオーケーでしょ〉

〈いや、マズいでしょ〉

〈姫野さんは夏子ファンなのに〉

〈バカな！〉

〈もしかして、わたしに気をつかってる？〉
〈何それ〉
〈姫野さんを狙ってるとか、ないからね〉
〈ないの？〉
〈ないよ〉
〈イケメン好きじゃん〉
〈見るだけで充分。付き合いたいとは思わない〉
〈そうなの？〉
〈そう。付き合ったらまちがいなく苦労する〉
〈確かに〉
〈気をつかわせてごめん〉
〈つかってないよ、全然〉
〈ならよし。勝利、おめでとう〉
〈ありがとう〉
〈で、夏子。姫野さんに勝ったってことは、会社をやめ？〉
〈ない〉
〈おぉ〉

〈おれが勝ったらやめんなと言っといて、勝とうともしない。あの人、ほんと、謎〉

〈顔がよくて頭もいいのにモテないって、ある意味、奇跡〉

〈女たちの冷静な判断に乾杯〉

〈この先も冷静な判断ができる女でありたし〉

〈そう。駕籠抜けは絶対にしない女〉

〈そう。女を守ろうとする女を踏みにじらない女〉

〈でもそれでいてあんまり女女言わない女〉

〈ぬぬっ！〉

〈次、豊洲。朱穂にいろいろ感謝〉

〈こちらこそ、やめない夏子に感謝〉

　豊洲で有楽町線を降りる。そこからは東雲まで歩く。

　東雲橋を渡ってるときに、あ、そうだ、と思い、今は仕事中であるはずの母にメッセージを送った。

〈今日、飲む？　飲まなくても。お惣菜とお酒、買っていくね〉

　休憩中だったのか、返信はすぐに来る。

〈飲む〉

　もう一つ来る。

〈久しぶりにポテチ食べたい。のりしお〉

わたしはこう返す。

〈了解〉

どこで会うか迷った。

飲みに行きます？　と鈴央は言ってくれたが、お茶にしましょう、とわたしは言った。それでもう伝わってたと思う。いや、初めから伝わってたかもしれない。〈今週会えますか？〉とのメッセージを出した時点で。

初めて会ったときに行った銀座のカフェ。そこに土曜日の午後三時。ということになった。

わたしは五分前に店に着いたが、鈴央はすでにそこにいた。でも鈴央らしく、まだ飲みものを注文してはいなかった。わたしの到着を待ったのだ。

やはりいい人だな、と思った。そのいい人に、わたしは言った。頼んだコーヒーが届けられる前に。

「わたし、会社はやめません。人に言われて仕事をやめたりはしません」

「あぁ」と鈴央が言う。「そうですか」

「ごめんなさい」と頭を下げる。

「いえ。こちらこそ、すいません。しかたないです。無理なお願いであることは初めからわかってましたし」

「長くお待たせしちゃって、それもごめんなさい」

「いえいえ。気にしないでください。うれしいですよ。きちんと考えてくれたんだと思えました」

「わたしも同じです。考えれば考えるほど、鈴央さんがわたしのことをちゃんと考えてくれたんだなって思えました。だからいいお返事をしたかったんですけど。それは、無理でした」

「すいません、いやな思いをさせて」

「いやな思いなんてしてないです。鈴央さんがそう言うのはしかたないし。むしろ言ってくれてよかったです。何度も何度も考えました。考えてるあいだにいろいろなことがあって。いろいろな人と話をして。自分の周りにはいい人がたくさんいるんだなって、気づけました。わたし、人には恵まれてるみたいです。ズルい言い方ですけど、鈴央さんもその一人です。ほんとです」

「それならよかったです」

鈴央がわたしとの結婚を考えてくれたことは本当にうれしい。今後そんなことはないかもしれないのだし。

例えば四十でも独身、五十でも独身。可能性は大いにある。そのときにわたしは今を振り返って思うのかもしれない。あのとき鈴央と結婚しておけばよかったと。会社をやめておけばよかったと。

四十や五十になったわたしがタクシードライバーを続けてるのか。それだって、わからない。あっさりやめてるかもしれない。呼気検査に三度引っかかってクビになってるかもしれない。先のことは本当にわからない。

ただ、今は。東京の街を走りたい。お客さんを乗せて、あっちへ行ったりこっちへ行ったりしたい。結婚を理由にそれをやめたくない。

ようやく届けられたコーヒーを一口飲み、わたしは言う。

「鈴央さん」

「はい」

「このことで父に謝ったりは、しなくていいですからね」

鈴央もコーヒーを一口飲んで言う。

「報告はすると思いますけど、謝ったりはしません。ぼくはぼく自身の判断で夏子さんにお願いしましたから。正直、ちょっとためらいはしましたけどね。ぼくが夏子さんに仕事をやめてほしいと言ったら、室山先生はいやな気分になるだろうなって」

「いやな気分にはならないですよ」

「そうですか?」

「はい。わたしがタクシードライバーになったことを父はよく思ってないでしょうし。だから、鈴央さんの考えに賛成したはずです。そのことは、話してないんですか?」

「はい。いちいち報告するよう言われたりもしてないですから。まず、そこまで頻繁に連絡をとり合うわけじゃないですし」

「父はLINEとか、やらないですもんね」

「そうですね。ぼくとのやりとりも電話かメールです」

「母ともメールですよ。だからめんどくさいと母が言ってました。別れた夫とLINEでつながるのも変だから、やるようすすめたりもしてないみたいですけど」

「室山先生、夏子さんにすすめられたらLINEをやるんじゃないですか?」

「どうですかね」

「たぶん、喜んでやりますよ」

「それはそれで微妙です」

「ぼくも夏子さんのLINEのIDは、残しておいてもいいですか?」

「もちろん」

「たまには連絡ぐらいしても?」

「それはぜひ」

言ってくれただけ。連絡は来ない。それはしないのが鈴央だ。脈がないなら切り捨てる、みたいなことではない。人に気をつかうのが鈴央なのだ。最後までわたしと敬語で話しつづけたのもその表れだろう。わたし自身もそうした。鈴央が歳上だから、だけではないと思う。

結局、わたしたちは近づききれなかったのだ。

「振りまわしてしまって、本当にすいません」と鈴央が言い、

「振りまわしたのはこっちですよ」とわたしが言う。

そう。わたしたちは、親子でこの善良な人を振りまわしてしまったのだ。

母と娘で、ではなく。父と娘で。

〈室山薫平〉

スマホの画面にその名前が表示されたので驚いた。コンビニで買ったサンドウィッチを食べながら天気予報のサイトを見てたら、いきなりそうなったのだ。

母のことは、想子、や、高間想子、でなく、お母さん、と登録してる。父のことを、お父さん、と登録したことはない。父がわたしのお父さんだったとき、つまりわたしが

室山夏子だったときにスマホを持ってたことはないから。電話を持つのは中学からでいい、と父に言われてたのだ。その中学に上がる前に、両親は離婚した。

表示を見て、どうしようかな、と思う。今は食事休憩中。右手にはハムとチーズのサンドウィッチを持ってる。出なくてもいいか。いや、でも。こちらからかけ直すのもちょっと。

出る。むしろあわてて。留守電に切り換わらないうちに。

「もしもし」

「あ、夏子?」

「うん」

「留守電になると思ってた。今、だいじょうぶか?」

「だいじょうぶ」

「仕事中じゃないのか?」

「休憩中」

「じゃあ、走ってないんだな?」

「走ってたら出ないよ。警察に捕まっちゃう。何?」

「あの、一度、話しておこうと思ってな」

「何を?」

「森口のことだ」

森口。あっさり名前が出る。

「うまく、いかなかったのか」

「そう、だね」

それ以上言いようもない。だからわたしは黙る。どうしてだ？　と訊かれるかと思ったが、父は訊いてこない。

「電話で言うことでは、ないな」

「といって、留守電に入れることでもないけどね」

「留守電になったら、またかけると言おうと思ったんだよ」

「なら結局電話じゃない」

「そうか。なあ、夏子」

「ん？」

「今どこだ？」

「ここは、えーと、中野区かな」

平和の森公園という広い公園だ。そのわき。邪魔にならない場所に車を駐めてる。で、夜ご飯を食べてる。夜ご飯でもサンドウィッチ。わたしはそうすることが多い。弁当の空き箱は、結構な大きさのごみになるから。

「中野ってことは、練馬の隣だよな？」

「うん」

「じゃあ、お父さんを乗せてくれないか？」

「え？」

「もちろん、お客として。お金は払うよ」

響吾を乗せたときのパターンだ。あのときは神田から本八幡まで。深夜。終電はすでに出てた。響吾はまさにお客さんだった。

でも今は午後八時。電車は走ってる。たぶん、都内すべての電車が普通に走ってる。

「お父さんはどこなの？」と尋ねてみる。

「練馬図書館。練馬駅の近くだよ」

だったら近い。二キロぐらいしか離れてないかもしれない。

「図書館て、まだやってるの？」

「今終わった。午後八時までなんだ。その外でかけてる」

「学校は？」

「今日はちょっと早く出られた。調べものがあったから来た」

「そうなんだ」そしてわたしは言う。「でも。今、家は江古田(えこだ)でしょ？」

「そう。学校の近く」

「練馬から江古田なら、歩いても行けるぐらいじゃない?」

「そうだな。西武池袋線でも二駅だ」

「どっか行くの?　これから」

「いや、行かない。帰るだけ」

「じゃあ、五分だよ」

　というそれを、父は、ワンメーターに近い距離だからわたしが嫌ったととったらしい。こんなことを言ってくる。

「ただアパートまで乗せてくれってことじゃないよ。乗せて、適当に走ってほしい」

「適当に」

「ああ」

「それは、お客さんじゃないよ」

「乗った分の料金はちゃんと払うよ」

「別にお金のことを言ってるわけじゃなくて」

「ダメか?」

「ダメではないけど」

「頼むよ。お父さん、一度、夏子のタクシーに乗ってみたい」

　父にしては素直なもの言い。それが響いたわけではない。ないが、断りづらい。断るには正当な理由が必要なのだ。タクシードライバーが乗車拒否をするには。

ただあちこちを走ってほしい。そんなお客さんも、たまにはいる。

わたしも一度乗せたことがある。八十代ぐらいの男性だった。

荒川にかかる何本かの橋を何度も通ってほしいと言われた。そこから川が見たかったようなのだ。

途中で何やら思いだしたらしく、土手に出られるところで停めて、とお客さんは言った。わたしが実際に停めると、川を見てくるから待ってて、と降りていった。

そこまでの料金は先に払ってくれたから問題はなかった。二十分ぐらい待ち、これ以上はちょっとキツいな、と思ったところで、お客さんは戻ってきた。懐かしかった。ありがとう。とわたしに言った。

その一度だけ。タクシーにはそんなつかわれ方もあるのだと知った。

父のこれもその類だと思うことにした。

「今ご飯食べてるから、ちょっと待っててもらっていい?」

「そうだったのか。ごめん。いいよ。待ってる」

「二十分ぐらいで行けると思う」

「そんなに早くか。無理しなくていいぞ」

「だいじょうぶ。遠くはないから」

「青い建物だからすぐわかるよ。入口のところにいる」

「調べて行く」

「頼むな」

「うん」

電話を切る。ずっと手にしたままでいたサンドウィッチをようやく食べる。

食べ終えると、それで休憩は終了。すぐに車を出した。

もっと早く着けると思ったが、環七通りに入るのにまわり道をしたため、あれやこれやで二十分かかった。

練馬図書館は本当に青かった。子どもがぬり絵で深い海を描くときにつかう青。水色ではない。濃い青だ。

父はまさに入口のところにいた。道路のすぐ前に立ってた。この二十分、ずっとそうしてたのかもしれない。

後部左のドアを開ける。父が乗りこむのを待って、閉める。

「シートベルト、してね」

「ああ」

響吾を乗せたときのような敬語にはならない。あのときは迷った末にそうした。今は父が相手。迷わない。

父は助手席の後ろに座り、シートベルトを締める。終えて、言う。

「久しぶりだな」

「久しぶり。どこに行けばいい？」

「まかせるよ」

「それは決めてよ。運転手が行先を決めるのは変」

「じゃあ、どこにするかな」

さっき思いだしたお客さんのことをまた思いだし、結局は提案する。

「荒川にでも行く？　距離はちょうどいいし」

「そうしよう」

ドライバーとして、一応、経路も確認する。

「環七をずっと行くということで、いいよね？」

「うん。お願いします」

出発。わたしにも、たぶん、父にも何の思い出もない荒川に向かう。

川のわきで車を駐めるつもりはない。ドライバーがお客さんと駐めた車のなかで話したりはしない。わたしもしない。環七通りをひたすら走ってどこかでターンしよう。そう決める。

「最後は江古田のアパート、でいいよね？」

「ああ」

「近くなったらナビしてね」

「するよ」

知らないのだ、父のアパートの場所までは。今勤めてる高校から本当に近いらしい。歩いて行けるというのだからそうだろう。

母によれば。通勤に無駄な時間をとられなくてすむよう、父はいつも学校の近くに住むことにしてる。だから異動のたびに転居する。単身者なのでそれができる。

「都内の道は、もうわかるのか？」と訊かれる。

「この環七みたいな主要道はね」と答える。「そこから外れるとわかんないよ。あとはナビ頼み」

「東京は道が入り組んでるからな」

「わかる人もいるけどね」

「ベテランさんは、そうか」

「ベテランじゃないのにわかる人もいるよ」

姫野さんだ。

「方向感覚が鋭いのかな。センサーが付いてる感じ。わたしには付いてない」

「慣れれば、自然とわかるようになるだろ」

「どうだろう」

　そこまで話して、黙る。言いたいことは何もないから。父を促しもしない。聞きたいことも何もないから。

　バックミラーでチラッと父を見る。

　父はおとなしく座って窓の外を見てる。

　そうしてると学校の先生には見えない。のかどうか、よくわからない。そもそも、先生に見える人なんているのか。先生だと知ってるからそう見えるだけではないのか。

　例えばわたしを見てタクシードライバーだと思う人はいないだろう。そう思うのは、制服を着てるからだ。着てなければ絶対にわからない。制服。そういえば。そろそろクリーニングに出さないと。

「余計なことをして悪かった」といきなり父が言う。

「何？」

「森口のことだ」

「あぁ」

「勝手なことをして、すまなかった」

「いいよ、別に」

「うまくいかなかったのはしかたない。でも、森口を嫌いにはならないでほしい」

「嫌いになんてならないよ。嫌いだからこうなったわけでもない」

「嫌いではなくてもうまくいかない。そういうことも、あるんだな」

「それは、あるでしょ。お父さんとお母さんもそうじゃない。最後、別れる前はそんなに仲よくなかったかもしれないけど、今もそうなわけじゃないでしょ？　別に嫌い合ってるわけでは、ないでしょ？」

父は少し考えて、言う。

「そうだな。少なくともお父さんは、お母さんを嫌いではない」

「お母さんだって、嫌いじゃないよ。嫌いなら、わたしの見合の話なんて受けない。わたしには言わないで、断ってるはず」そしてわたしはこう尋ねる。「森口さんから聞いた？」

「何を？」

「いろいろ」

「いや、聞いてない。聞いたのは、そのうまくいかなかったことだけだ。お父さんも、訊かなかったしな」

「訊いてないんだ？」

「そういうことは訊かないだろ」

「お父さんなら訊きそうだよ」

「そうか。お父さんは、訊きそうか」

「お父さんだからってことではないけど」と何故か弁解する。「自分が持ちかけた話なんだから、訊いてもおかしくないじゃない」

「森口にも、ちょっと悪いことをした」

そう思う。わたしも。

「でもあの人なら、すぐにいい相手が見つかるでしょ。条件は最高じゃない。公務員だし、いい人だし。結婚とかする前にこうなってよかったよ。してからじゃキツいもん。子どもができたあとなら、ほんと、キツいでしょ」

言ってから、しまった、と思った。自分たち親子のことを想定したみたいだ、と。

が、父はそこにでなく、その前に反応した。

「結婚する可能性もあるとは、思ってたのか」

「少しはね。そうでなきゃ、付き合いはしなかったろうし」

「結婚する意思はあるということだな？」

「意思はあるよ。ないなんて言った？」

「いや。まず、そういう話をしたことがないから」

確かにそうだ。そんな話をしたことはない。今、まさにしちゃってる。

首都高速5号池袋線の高架をくぐり、直進する。板橋本町の辺りだ。東北新幹線の高架もくぐって、なお進む。

「夏子がタクシードライバーになるとお母さんから聞いたときは、驚いたよ」

「電話してきたもんね」

「あぁ。そうだった」

「ほんとなのか？　って言われたよ」

「そんなこと言ったか」

「言った。ほんとに決まってるじゃない。お母さんがそんなうそをつくわけない」

父がうそだと思ったわけでもない。ただただ驚いたのだ。反対はしなかった。もうできる立場になかったから。

そのときは五分も話さずに電話を切った。ほんとにタクシードライバーになるから、もう入社も決まったから、みたいなことをわたしが言って。

「まさかこうやって夏子の車に乗れるとは思わなかったよ」

「乗せろって自分が言ったんじゃない」

「うれしいよ、乗れて」そして父は言う。「お、これが荒川か？」

「これは隅田川。すぐ次が荒川」

隅田川を渡れば足立区。足立区新田だ。中洲（なかす）のようなそこを経て、すぐに荒川に差しかかる。

「おぉ。荒川のほうが、広いんだな」

「うん」ここで豆知識を披露。「荒川ってね、実は荒川区を流れてないんだよ」

「そうなのか？」

「そう。少しもかかってないの。隅田川は墨田区にかかってるけど、荒川は荒川区にかかってない」

「知らなかった」

「じゃあ、墨田区の墨田と隅田川の隅田の漢字がちがうのは何でか知ってる？」

「いや、知らない」

「墨田区ができたとき、当用漢字表に隅田川の隅がなかったの。だからそっちの隅田区にはならなかった」

「へぇ」

「でも隅田川も、正式に今の字の隅田川になったのは、墨田区ができて二十年近く経ってからなんだって」

「よく知ってるな」

「お客さんから聞いた」

「そういう話もするのか」

「たまにだけどね。長く乗ってくれないとそこまでの時間はないし。長く乗っても一言も話さない人もいるよ」

「だろうなぁ」

「お父さんはどっち？　タクシーに乗ったら、ドライバーと話す？」

「どうだろう。話すことも、あるかな。長く乗ったら話すかもしれない。話さないのも変かと思って」

「変ではないよ」

「変ではないのか」

「ないよ。むしろそれが普通。話さない人のほうが多い」

「そうなんだな」

そのまま環七通りを走る。西新井のほうへ向かう。

赤信号で停まったところで、父が言う。

「お母さんとは、うまくやってるか？」

「やってるよ。お母さんとうまくやってなかった時期なんてない」

「そうか。ならよかった」

父とはうまくやってただろうか、と思う。一緒に暮らしたのは小学生のときまで。その年齢だから、激しくぶつかりはしなかった。たまに不満を言ったりする程度。子どもらしく言いつけにそむき、子どもらしく最後には従う、という感じ。うまくやってはいただろう。少なくとも、小四ぐらいまでは。

　信号が青になる。走りだす。

「夏子、知ってるか？　お母さんな、卓球がすごくうまいんだぞ」

「知ってるよ。中高でやってたんだよね」

「ああ」

「だからわたしも中学で卓球部に入ったんだもん。お母さんにすすめられたから」

「もうな、ほんとにうまいんだよ。ああ見えて、卓球をやるときは動きが速い」

「卓球デートをしたんでしょ？　結婚する前」

「何だ、知ってるのか。お母さんに聞いた？」

「うん」

「どう言ってた？」

「それだけ。卓球デートをしたっていうだけ」

「じゃあ、お父さんをかばってくれたんだな」

「かばった？」

「ああ。お父さん、こてんぱんにやられた。何度やっても勝てないんだよ。正直、やる前は勝てると思ってたんだ。お父さんも下手なほうではなかったから」

「負けて、何度もやったんだ？」

「やったな。一時期はデートのたびにやってた。負けっぱなしではいられないと思って」

「いいじゃない、負けっぱなしで。相手は経験者なんだから」

「そうもいかんだろ」

そうもいかんというその発想が、父だ。母に負けてはいけない。母より自分が劣ってはいけない。

ちょっといやなことを訊いてみる。

「負けっぱなしではいられないっていうのは、お母さんが女だから？」

「そうだな」と父はすんなり認める。「昔のお父さんは、そんなだった。そんなふうに考えることが多かった」

「今は？」

「今は、昔ほどではないと思ってるよ」

「もう負けたくないと思わない？」

「いや、思う。それは思っていいことだと思うよ。女性に負けたくないんじゃなくて、人に負けたくない」

西新井を過ぎ、首都高速6号三郷（みさと）線の高架をくぐる。

北綾瀬（きたあやせ）駅のわきを通りすぎたときに言う。

「そろそろ戻るよ」

「ああ。今はどの辺りだ?」

「北綾瀬」

「綾瀬。足立区か」

「千代田線の終点」

「北綾瀬行、の北綾瀬か」

「うん」ここでまたも豆知識を披露。「ほかの鉄道との接続がない終着駅って、東京メトロだと、丸ノ内線の方南町とここだけなんだって」

「へぇ。それもお客さんから聞いたのか?」

「自分で調べた」

「そういうことを、よく調べるのか?」

「気になったことはね。知っとけば、こうやってお客さんに話せるし」

「そうか。それは、いいな」

ナビの画面を見て、わたしは言う。

「この先は中川で、環七も川に沿って曲がっちゃうから、適当なところでターンするね」

「うん」

環七通りから外れ、もろに中川沿いの細い道に入る。

さっきの荒川ほどは広くない中川。黒としか言えない夜の水面を左側に見て進む。

父がいきなり言う。

「あ、左。スペースがあるだろ。停まれないか？」

見れば。確かに、待避所、の標識が立ってる。

広くはないが、車は多くないので邪魔にはならないだろう。そう判断し、停まる。

左側は、幅二メートルほどの、草が生えた歩道。フェンスを挟んで少し先が川だ。右側は、ガードレールを挟んですぐ神社。

「ちょっと降りよう」と父が言う。「車から離れるわけじゃないから、だいじょうぶだろ？」

「まあ、うん。じゃあ」

降りる。父を先に降ろし、わたしも続く。

すぐ近くにフェンス。車から離れようがない。右側に街灯があるので暗くはない。なくてもそんなに暗くはないだろう。何故って、東京だから。

川に向かって立つ。

左方は、わたしたちが今走ってきた道。右方に見えるあれは、ＪＲ常磐(じょうばん)線の高架か。

三月だから、夜はまだ寒い。でも底冷えはしなくなった。時折、すぐ先に控える春を感じることもある。

葛飾区に近い足立区。中川沿いの道。まさに川っぷち。

何の縁もないこの場所で、父と二人、いったい何をしてるのか。

と思ったら、父が言う。

「お父さんな、再婚するんだ」

「え？」

「再婚。結婚」

「あぁ。そうなんだ」

「五十を過ぎて再婚。まさかするとはな。できるとはな」

「相手は誰？」

「図書館の司書さんだ」

「司書さん。ということは、やっぱり公務員？」

「そうだな。資格を持ってるから」

「もしかして、練馬図書館の人？」

「ちがうよ。あそこの人ではない」父はさらに言う。「オハラサホリさんだ。サオリじゃなく、サホリ」

小原さほりさん、四十五歳、だそうだ。

「あちらも再婚。高校生の子どもがいる。一年生。男の子だ」

「一緒に住むんだよね？」

「もちろん。近いうちに引っ越さなきゃいけない。今のアパートは二間で、三人は住めないから。小さい子ならだいじょうぶかもしれないけど、高校生はな」

「わたしの弟ってことには、ならないよね？」

「ならないな」

「なったらおかしいか」

おかしいと言うのもおかしいような気もする。わたしは父の娘で、その子は父の息子。でもわたしとその子は他人。不思議といえば不思議だ。

父が学校で教える数学のようにはいかない。ＡイコールＢで、ＢイコールＣ。だからといって、ＡイコールＣ、とはならない。いや。そこでイコールをつかうことがまちがいなのか。

少し迷い、自分から訊く。

「名前は？」

「カイチくんだ」

「カイチ？」

「開くに明智(あけち)光秀(みつひで)の智で、開智」

「へぇ。何か、頭よさそう」

「そうでもない。と、さほりさんは言ってる。でも、いい子だ」

「もうわかってるの？」

「何度も会ってるからな」

「うまくやっていける？」

「やって、いきたいな」

「あんまり厳しくしないほうがいいよ。開智くんにも、さほりさんにも」

夜の川に向けてた目をわたしに向けて、父は言う。

「お父さんは、厳しかったか？」

「厳しかったというか」

「というか？」

「硬かった。お母さんはやわらかくて、お父さんは硬かった」言ってしまう。「お母さんはお父さんの硬さを受け入れようとしたけど、お父さんはお母さんのやわらかさを受け入れようとしなかった」

「そう、なのかもな」

「って、これはお母さんが言ったわけじゃないからね。わたしの意見」

「心して聞くよ。この先の参考にさせてもらう」

「さほりさんは、やわらかい人?」

「どちらかといえば、そうだろうな。お母さんほどではないけど」

と、そこでやっと気づく。

「あ、そうか、このためだ」

「ん?」

「今のこれは、再婚のことをわたしに言うためだ」

「それもある」と父は言う。「森口のことを話すためでもある。でもどっちも一番の理由じゃないよ。一番の理由は、夏子のタクシーに乗りたかったからだ。それ自体が目的。去年からずっと乗ってみたかったんだ。さっき電話したときは、まさか今日のうちに乗れるとは思わなかった」

「わたしも、まさかお父さんを乗せるとは思わなかったよ」

「悪いな、仕事の邪魔をして」

「これも仕事だよ。料金、払ってくれるんでしょ?」

「払うよ。こうやって時間もつかわせたから、上乗せして払う」

「上乗せはいいよ。たまにこんなふうに車を駐めてお客さんを待つこともあるから」

父が川を見る。

わたしも川を見る。

隅田川でも荒川でも江戸川でもない。中川。一級河川は一級河川らしいが、多少、B級感がある。自分で言うのも何だが。わたしっぽい。

「実はな、さほりさんとも、卓球がきっかけで知り合ったんだ。同じ卓球のサークルにいるんだよ」

「サークル？」

「ああ」

「やってるの？　卓球」

「やってる。みんなで区の体育館を借りて」

「もしかして。昔、お母さんに負けたから？」

「それも、なくはないかな」

なくはないのか。冗談のつもりで言ったのに。

「お父さん、趣味という趣味はなかったからな。何年か前に久しぶりにやってみたら楽しかったんだ。で、ちゃんとやってみたくなった。もう少しうまくなったらシニアの大会に出てみようと思ってるよ。いずれ学校で卓球部の顧問をやらせてもらおうとも思ってる」

「その歳で？」

「この歳で」

卓球のサークルで知り合った女性と再婚する。

何なのだ、その縁。

母とも、つながってるといえばつながってる。昔、母と卓球をやってなければ、久しぶりにやってみたら楽しかった、もなかっただろう。

図書館司書の女性と、図書館でではなく、卓球のサークルで知り合う父。その父は、わたしが知る父ほど硬くないように思える。

夏子って、お父さんに似てるわよね。と母が言ったことがある。そのときは、どこがよ、似てないよ、と返した。

わたしは、母に似てると思ってるのだ。現場にいたいからと人材育成マネージャーになるのを断った母に。

でもそれは、わたしが父に似てるということでもある。現場にいたいからと教頭試験を受けない父に。五十二歳でなお卓球部の顧問になろうと考える父に。

母自身が言うように、父と母も似てるのだ。イコール、わたしと両親も似てる。

顔に笑みが浮かぶのがわかる。自分が父に似てると初めて思い当たった驚きから来る笑みだ。その笑みを父に見られることはない。お互い、川に顔を向けてるから。

「お父さんな、女子生徒に、先生、自分の娘に嫌われてるでしょって言われたことがあるんだ。絶対そうでしょって」

「すごいこと言うね」

「女子高生は無敵だからな」

「わたしはそんなに無敵ではなかったよ」

「そうか」

「うん。なるべく敵をつくらないようにすることで必死だったかも」

「それも、わかるな。今の子たちは、無邪気に見えて、実はおっかなびっくりに生きてる感じもする」

「で、その無敵な子に何て言ったの？」

「何も言えなかったよ。嫌われてないと言えなかった」

「それ、いつの話？」

「夏子も高校生ぐらいのころかな」

「生徒たちは、お父さんが離婚したことを知ってるものなの？」

「ほとんどが知ってるだろうな。やっぱり、先生が結婚してるかしてないかっていう話にはなるから」

「あぁ。なるね」

「あとでその生徒に、自分から言ったよ。先生は娘に嫌われてるけど、先生は娘のことが好きなんだって」

「何それ」

「その子は、きょとんとしてた。もう忘れてたんだな、そんな話をしたことを。言われて思いだしたみたいで、あぁ、はい、と言ってた」

わかる。その子にとって、それはもう旬な話題ではないのだ。だから、あとで相手に持ちだされても、あぁ、はい、にしかならない。そんな子に右往左往させられる父。ちょっとおもしろい。

「お父さんは、そういうことをしてこなかったんだな。言うべきことを、言ってこなかった。学校の生徒たちには言えるんだよ。その子にも言えたし、森口なんかにも言えた。でも自分の家族には、言わなかった」

「家族に好きとか言わないでしょ、普通」

「まあ、好きはな。でも例えばお母さんにありがとうぐらいは、言っておくべきだった。開智くんには言おうと思うよ、何でも」

「やり過ぎないようにね。新しいお父さんにいきなりありがとうとか言われても、わけわかんないから」

「そうだな。気をつけるよ」

川のほうからこちらへと、初めて少し風が吹く。

思いのほか冷たくない。春が含まれてるから、かもしれない。

「夏子はすごいな」

「何が？」

「ちゃんと自分で自分の道を選んだ。選んだからには、その道でちゃんとやってる」

「やれてるよ。乗せてもらってわかった。これからもがんばれ。って、お父さんに言われなくてもがんばるか、夏子は」

　それには返事をしない。する代わりに言う。

「わたしもね、かなりうまいよ、卓球。同好会とはいえ、大学でもやってたから」

「そうか。お母さん譲りだな」

「わたしもこないだ久しぶりにやってみたら、まだまだいけた。ナメてきた相手を返り討ち。メッタメタにしてやった」

　これも姫野さんだ。

「相手は経験者？」

「未経験者」

「おぉ。なのにメッタメタか」と父が笑う。

「そう。ガツンといった」そしてわたしは言う。「今度やる？」

「え？」

「卓球」

「あぁ。いいのか?」

「うん。卓球は、いいでしょ」

「じゃあ、やろう」

中川。川っぷち。何の縁もなかった場所。

場所との縁は、こんなふうに生まれるのかもしれない。もう来ることはないだろうが、後々、ここがわたしの思い出の場所になるようなことは、あるのかもしれない。

東京観光タクシー、というものが存在する。ドライバーが運転だけでなく、観光案内もしながらあちこちをまわる。そんなタクシーだ。東京観光タクシードライバーになるには、検定や研修を受け、認定されなければならない。

一人前になったら狙ってみようかな。豆知識も豆じゃない知識もたくさん蓄えて、何なら英語の勉強もして、人も自分も楽しませるドライバーを目指してみようかな。

ふとそんなことを思う。

いつまでも母に甘えてないで、一人暮らしもしてみようかな。

ふとそんなことも思う。

わたしはこれからもタクジョ。リケジョみたいに宇宙にまでは目を向けられないが。

地球の表面を全力で走りまわりたい。

# 解説

内田剛
（ブックジャーナリスト）

小野寺史宜が紡ぎだす世界はすべてがゆるやかにつながっている。そして飾らない人間味と人肌の温もりに満ち溢れている。読めば読むほど味わいが増していく魅力がたまらない。理不尽なこの社会で生きるのは大変だ。人間関係だって一筋縄ではいかない。閉塞感のある空気、ままならない日常。でもそれが紛れもない現在なのだ。何でもない毎日がこの著者の手にかかると鮮やかに色づいていくから不思議でならない。出会いと別れを繰り返し僕らはこの瞬間に生きている。それは当たり前のことではなく奇跡の連続なのだ。喜怒哀楽の感情すべてが凝縮した偶然と必然が織りなすドラマ。小野寺文学には理屈ではない奇跡への過程が細やかに再現されている。フィクションである小説は想像の産物である。でもこんなにも肌に合うのはなぜだろう。誰もがきっとストーリーの中に自分の姿を見つけ共感の嵐を体感するからに違いない。

タイトルとなる「タクジョ」は女性タクシー運転手のことだ。理系女子は「リケジョ」、歴史ファンの女性は「レキジョ」。女性の活躍が目立つ分野は押しなべて勢いがある。タクシーと女性、この二つの要素を物語の主軸にもってきた点が非常に心憎い。タクシーは誰にとっても身近であって同時に特別な存在であろう。徒歩や自転車でもなくバスや電車でもない。タクシーを利用する時には必ず理由がある。最寄り駅の電車の事故、体調不良での通院、手回り荷物の多い時、仕事の待ち合わせに遅れそうな時など。つまりはピンチの時に助けてくれる乗り物がタクシーなのだ。さらには運転手が女性であったらなんとなくホッとさせてくれるのではないだろうか。どうしても気持ちが騒(ざわ)めいた状況でタクシーに乗り込む機会が多いので女性特有のホスピタリティに癒されるのだ。

タクシーという乗り物自体には親近感があるのだが、タクシードライバーという職業に対するイメージはひとそれぞれだろう。脱サラして第二の人生として選ぶケースも多いようであり、女性の比率が約3パーセントというからどうしても男の職場の印象も強い。女性というだけで違和感をおぼえる方もいる。タクシー業界に身を置いているだけでなにか特別な事情があると勘繰られてしまうのだ。そのあたりの生々しい状況は本書を読めば手にとるようにわかる。

「わたしは隔日(かくじつ)の女。」

実に引力のある冒頭だ。つかみが完璧である。深夜勤務のあるタクシードライバーの勤務時間は朝八時から翌朝四時ころ。一日の労働で二日分働く計算だ。女性であっても同じである。一日おきに休みが入るシフトだから「隔日の女」なのだ。不規則で過酷だが上手に時間を使えば休日を堪能することもできる。ポジティブに考えればそれほど悪い条件ではない。ほぼ一期一会のお客さんを一日約三十人乗せ、深夜帯もあれば密室ゆえの緊張感も半端ない。接客のストレスは貴重な休日に思う存分に解消するしかないだろう。

『タクジョ！』の主人公は東京都江東区生まれで母と二人暮らしの高間夏子（二十三歳）。都内の東央タクシーに新卒で入社し区内の営業所に配属される。慣れない環境や巻き起こるトラブルと対峙しながらも信念をもって真っすぐに生きる。ひとりの女性の成長譚としてだけでなく、タクシー業界の裏側を知るお仕事小説として楽しめる。おそらく綿密な取材をされたのだろう。細部にわたってリアリティがあり自然体なのがとても良い。特殊なルールはもちろん、タクシーあるあるネタも満載で読めばきっとすぐに誰かに話したくなるはずだ。初乗りのワンメーターは１・０５２キロまで、一日に走れる距離は最長で３６５キロ（東京から名古屋くらい）、営業エリアは決まっていて越境できない、車は一台を二人で使うなど。タクシー運転手の人知れぬ苦労話を目の当たりにすることができる。知ってしまえば間違いなく今度タクシーに乗る時には優しくなれる。そう、この優しさの分かち合いも小野寺作品に共通する長所なのである。

車の運転が好きなだけでなく女性にも安心してタクシーを利用してもらいたいという

正義感から職業を選んだヒロイン・夏子。しかし彼女が抱えるリアルな悩みはビジネスだけでなくプライベートにもある。小6の時に両親が離婚したからこそ、自分自身の結婚の問題は切実なものがあった。人生は仕事だけじゃない。子どもを包みこむ温かな家庭だって実現させたい。むしろ仕事よりもたくさんの時間を高間夏子というひとりの人間がひたむきに生きている。この生活感もまた読み逃すことのできない重要なポイントだ。

紳士服販売店でバリバリと仕事をこなし女手ひとつで夏子を育てた母・高間想子。家を出たため距離は開いたが尊敬すべき高校教師の父・室山薫平。学生時代に合コンで出会った調子のいい元カレ・福井響吾。人柄がよく安定の公務員という理想的な見合い相手である森口鈴央。イケメンで実は高学歴の気になる職場仲間の姫野民哉。人は誰もが様々な事情を抱えて生きている。職場結婚をした仲間がいればお客さんとゴールインした同僚もいる。仕事と家庭の両天秤(てんびん)で夏子は何を選ぶのか。取り巻く人間関係から学ぶことは数多(あまた)あるのだ。「大事なのは今現在の居場所である」という気持ちを抱えながらも、選択の連続が人生であるということをこの物語は雄弁に伝えてくれる。

描かれるドラマは決して派手ではない。どこにでもありそうな名もなき市井の人たちの物語だ。台本があるとしたら登場人物たちはA、B、Cといった記号を振り分けられてしまうであろう。しかし小野寺史宜はそうしない。一度しか出てこないような人物にれるのだ。

も丁寧にフルネームを書きこんでいく。名前をつけられた瞬間にその人から活き活きとした表情がうまれる。名前のないひとはいない。どんな名前にも名づけ親の愛情がこもっている。登場人物ひとりひとりに丁寧に名前をつける著者の想いに激しく心を動かされるのだ。

じんわりと心に突き刺さる言葉もまた豊富にある。例えば元カレの饗吾をタクシーに乗せたのはいいが、その道中の会話から別れた時と変化がないと気づいてしまった夏子の心の声がこうだ。

「人はそう簡単に変わらない。変わる必要も、そんなにはない。むしろ、変わろうと思って簡単に変われるような人をわたしは信用しない。」

まさに含蓄のあるフレーズだ。この世は日々、変化しつづけなければならないことと決して揺らいではならないことで出来ている。ふっと気づかせてくれる人生の真理。そのさり気なさがとても心地いい。

タクシーが乗せているのはお客さんだけではない。運転手や会社の人たちなど、その車に関わるすべての人の人生を乗せて走っているのだ。そしてその行く先はあらゆる道をつないでいる。何度でも通う道もあれば初めての道もある。渋滞の日もあれば道なき道をゆくこともあるだろう。どんな高性能のナビでも認識不能な工事中での迂回や行き止まりだってある。まさに予測のできない人生の道と大いに重なるのだ。

次々と登場する地名を追いかけるのもまた楽しい。空港、駅、繁華街、住宅地、交差点、川、橋……車窓から見える景色に運転手との会話。風を切って走るスピード感だけでなく土地の空気や匂いまでも伝わってくる。実際にこのタクシーに同乗しているかのような気分になる。縦横無尽に交差する道によってつながる土地。人生という名のドラマの舞台は思いもよらない場所で繰り広げられているのだ。さまざまな交錯のあとラストで夏子がいったい誰といかなる場所でどんな会話を聞かせてくれるのか注目してもらいたい。

場所の魅力だけでなく時の流れも感じさせる構成もまた見事である。目次からすでに物語と景色が見えてくる。「十月の羽田」から始まり「十一月の神田」、「十二月の五反田」、「一月の早稲田」、「二月の町田」、「三月の江古田」まで。半年間という時系列の中に東京都内六か所の地名が埋め込まれている。しかも地名に共通するのは「田」である。これもゆるやかなつながりを意図した仕掛けであろう。手元に地図を開いて運行ルートを眺めてみるのも一興だ。

物語のスタートが十月であることにも意味がある。夏子にとって新卒でタクシー会社に入社して半年が経過。本社でのマナー研修や教習所で二種免許を取得。東京タクシーセンターで地理試験を受けるなどの準備をして実地デビュー。経験値を増やしつつ壁にもぶつかり悩みも深まっていく。十月一日が誕生日でもあるから節目としてふさわしい絶妙なタイミングなのだ。季節も厳しい冬から希望の春へと向かうという流れも清々しい。

　魅力的な著作の多い小野寺作品群の出世作といえば二〇一九年本屋大賞2位となった『ひと』であろう。その後に刊行された『まち』『いえ』とともに「下町荒川青春譚」三部作シリーズとして人気が高いが、この平仮名二文字のキッパリとしたタイトルを『タクジョ！』に当てはめたら間違いなく『みち』になるだろう。そう思っていたら『タクジョ！』の続編が出るという吉報が入ってきた。二〇二二年十一月刊行予定の『タクジョ！　みんなのみち』がタイトル。やはり『みち』で頷きながら膝を打つ。季節は四月から九月で『タクジョ！』の登場人物たちがそれぞれ人生を語りだすストーリーだ。コロナ渦ならではの味付けも加わって今を生きる僕たちに身近に感じられて嬉しい設定。さらに小野寺文学の楽しみは他の作品と登場人物や物語の舞台がリンクしていること。一度読んだらあなたも小野寺ワールドの一員だ。新作だけでなく既刊もぜひじっくりと味わってもらいたい。人生を豊かに彩りゆるやかに広がる、いま最も信頼のおける小野寺作品は決して裏切らない。これからも素晴らしい絶景を見せてくれるだろう。

単行本　二〇二〇八月　実業之日本社刊

本作品はフィクションであり、実在の組織や個人とは一切関係ありません。（編集部）

# 実業之日本社文庫　最新刊

我孫子武丸
監禁探偵
多彩な作風を誇る著者が挑む、キャラミスと本格推理のハイブリッド！「前代未聞の安楽椅子探偵」をめぐる謎を描いた異色ミステリ！（解説・大山誠一郎）
あ27 1

井川香四郎
歌麿の娘　浮世絵おたふく三姉妹
人気絵師・二代目喜多川歌麿の娘で、水茶屋「おたふく」の看板三姉妹は、江戸の悪を華麗に裁く美しき仕置人だった!!　痛快時代小説、新シリーズ開幕！
い10 9

岡崎琢磨
下北沢インディーズ　ライブハウスの名探偵
コラムを書くためライブハウスのマスターの紹介で駆け出しのバンドマンたちを取材した新人編集者は思いがけない事件に遭遇し…。音楽×青春ミステリー！
お12 1

小野寺史宜
タクジョ！
運転が好き、ひとも好き。仕事に恋に（!?）全力投球の新人タクシードライバー夏子の奮闘と成長を温かく爽快に描く、青春お仕事小説の傑作！（解説・内田剛）
お7 2

沢里裕二
極道刑事　地獄のロシアンルーレット
津軽海峡の真ん中で不審な動きをする黒い影。日本に特殊核爆破資材を持ち込もうとするロシア工作員と、それを阻止する関東舞闘会。人気沸騰の超警察小説！
さ3 17

西村京太郎
十津川警部　怒りと悲しみのしなの鉄道
軽井沢、上田、小諸、別所温泉……警視総監が狙われた列車爆破事件の再捜査を要求された十津川警部は、わずか一週間で真実に迫れるのか!?（解説・山前　譲）
に1 27

実業之日本社文庫 お72

# タクジョ！

2022年10月15日　初版第1刷発行

著　者　小野寺史宜（おのでらふみのり）

発行者　岩野裕一
発行所　株式会社実業之日本社
〒107-0062　東京都港区南青山5-4-30
emergence aoyama complex 3F
電話［編集］03(6809)0473［販売］03(6809)0495
ホームページ　https://www.j-n.co.jp/
DTP　ラッシュ
印刷所　大日本印刷株式会社
製本所　大日本印刷株式会社

フォーマットデザイン　鈴木正道（Suzuki Design）


ISBN978-4-408-55759-5（第二文芸）